我敢活成自己

谢园 著

想要的样子

Wuhan University Press
武汉大学出版社

在一次次归乡中接近，又在一次次停歇后远离。
接近和远离就像天平的两端，走在其中，
依然彷徨，依然漂泊，没有归属，
亦没有停下的勇气。

爱与被爱，想念与被想念，
是再温暖不过的事情，
不求财，不求名，
但求花好月圆人长久。

成长就是一个不得不主动或被动选择的过程，
面对人生无数个岔路口，
每个人都必须作出自己的选择

从此不再惧怕活色生香的人潮将自己淹没，
慢慢磨砺出一颗处世不惊的平和心态

当走过狂妄叛逆，面对过人情冷暖，
经历过成功失败，才会知道，人生的悲欢，
其实就是由身边的那几个人决定的

得失都已融进时间里，时间像一根线，
把所有事情全都串联起来，
而这一切，就塑造了我们

告别的不仅仅是一个人，
更是一段你和对方的岁月，
无论怎么留恋都回不去的岁月

———

人生这条路，
偶尔与人结伴同行，
多数独自前往

去向内观望自己内心的情绪、感受、想法，
去观望生命和这个世界

~~~~~~~~~~

忍耐过孤身一人在异国生活工作的寂寞，
而后才懂得如何与自己相处，
平衡内心和外部世界的联结

顺应那一段时光，
完成那一阶段该完成的职责，
顺生而行，不沉迷过去，不狂热地期待着未来

世间没有完美的居住之地，
幸福、满足与否只是取决于自己想要什么样的生活

体会珍惜当下每一刻，
开始懂得万物无挂碍有多自在，
身在此身有多笃定

——

我们每天都要面对孤独，
我们也都习惯对自己说，
要勇敢。

只要迈开脚步移动，脚下就有路，
即便不那么确定自己走的这条路，
但是信任行动胜于一切言论和妄想

我希望，在我未来走过的陌生风景里，
都有你，在我身旁

因着心底的那些爱和想念，
世界看起来都会更加充满善意。

有出发有抵达，
就像幸福在路上

只有真正抛弃那些虚妄，
才能给体会到内心真正的安宁与平静，
才能体会到自然的博大与宽容，
生活的美好与幸福。

我敢活成自己想要的样子

—— // 人 \\ ——

I dare to live the way I want to

自序 /

这世上的一切美好，为你而留

　　这是我第二次写自序，距离上一次，已经过去两年多了。

　　生活和时间，永远是我最好的老师。这两年里，生活教会我什么最重要，时间教会我其实很多都不重要。

　　所以，我愈发觉得，人应当珍惜对自己重要的，看开、看淡那些次要的，少计较、不虚妄、不偏执。

　　而这本书，正是记录了我这两年多里最重要的东西，关于觉醒、生命、前行、成长、希望和爱。所有这些，都在隐秘地塑造着我，推动着我前进。若说最大的长进是什么，大概就是经历了很多后，心态更为平和，更了解自己，知道自己在做什么，清楚要去往的方向，最重要的是，明白自己想活成什么样子，且敢于实现。

　　这两年多里，有很多读者通过不同方式问过我，什么时候出第二本书。也有编辑找过我约稿，但是都被我婉拒了。因为我知道，出书不能强求，正如我书里写的：许多感悟和道理，就如路标一样，立在人生路上，你要在生活中去历练，去经历，往前走与它迎头相逢。

只有我自己真实地经历了，思考了，感悟了，我才可能将其写成文字，在适当的时机成书，呈现在你们面前。只有这样，写下的文字才没有辜负自己，更没有敷衍读者。

我也相信，不过分消耗自己，才有能量走得更远。

其实，写作是一件很辛苦且孤独的事情。因为写作的过程，就像置身于一片荒原，天地虽大，却只能单枪匹马，必须剖析内心，面对最真实的自己，厘清头脑中那些上蹿下跳的想法，那并不容易。而且，灵感就像彩虹，并非时刻都有。虽然如此，可是我依然很热爱写作，它是我最喜欢也最持久的爱好，难得的是，这个爱好让我收获了很多人的支持和欣赏。

有读者说我的文字传达的"是爱、是暖、是希望"，让我很感动。其实在写作之初，我并没有这样的衷旨，只是因为从小喜欢写日记，养成了思考和记录的习惯，也是因为爱写作，有一些支持我的读者，所以一直在写。

这本书中的文章，记录的是我2014年到2016年期间的生活。于我而言，也是非常珍贵和特别的时期。这个时期内，我从单身、异国恋到迈入了婚姻。生活的地点，由英国的根西岛转换到了加拿大的金士顿。这些也必然带来了心态上的一些变化。同时，这也是让我无比感恩的一段时期，因为在真实的生活里、流逝的时间中，我看着自己，活得越来越像自己，越来越喜欢自己。

文字在我和你之间，是一座桥梁，也是一种陪伴。我也希望，这本书里的文字，能在某天你举步维艰时，给你一些力量；在你某天灰心失望时，给你一些信心；在你孤独冷清时，给你一些温暖。

可是即便如此，我也知道，人生有太多的境况和问题，需要自己面对和处理。我们每个人的人生，都是场无止境的修行，那些需要学习的功课，大部分都掩盖在必须要亲身经历的痛苦、挣扎、质疑、煎熬当中，总是有一件又一件的事情提醒自己——修炼不够，道行太低。不过，亲爱的，我想用这本书的文字告诉你，没关系，这都是阵痛，痛过继续往前行，总能收获不一样的自己。

在这本书的写作过程中，我遇到过工作和生活的瓶颈和困境，一切陷入低谷，身在异国，孤立无援。

犹记得那段时间，每晚总是睡睡醒醒，没有任何食欲，内心的压抑就如英国阴雨天的灰色，每天都在自我否定和怀疑，又不断安慰自己，用眼泪发泄，可是仍然排遣不了那种犹如困兽的情绪。

后来，终于盼到假期，虽然只有九天，但是我仍毫不犹豫地定了一张从根西岛飞往多伦多的机票。

顾不得长途飞行和倒时差的疲惫，在加拿大的那九天，低谷神奇般地转换成了灵感，如跳跃的火焰，在我脑海里灼烧，只有靠写下来，大脑才能得到宁静。我几乎每天从早到晚都泡在Queens University（女王大学）的图书馆里，还有大学附近的咖啡馆中。书中的一些文章，正是在那段时间写成的。再回到根西岛的时候，发现一切慢慢好了起来，工作上的问题也迎刃而解，生活回到了正轨。

不管在哪儿生活，我们总会遇到低谷，要想日后回想没有悔恨，除了沉住气振作，默默熬过去，我们别无选择。学会忍耐，生活再不如意，都只是暂时，勇敢面对，它终究都会过去。

也许，每个人的前行，都会不时出现很长一段行程，让人踟蹰和彷徨，甚至痛苦，这些都没有关系，重要的是你知道自己想活成的具体样子，在朝着对的方向前进，重要的是你能从每段经历中得到成长，因为这样，你才不会惧怕生活给予的挑战。

以前，我时常写到努力，可是实打实的经历告诉我：人生之艰难，并不是努力，而是与人性的弱点角力——贪、嗔、痴、慢、疑，想要战胜其中任何一点都非易事，所以完善自我很重要，克服的弱点越多，离自己的目标就更近一步。

以前，我很争强好胜，特别渴望赢，可是现在，我知道渴望赢是好事，但也要有接受输的勇气，让自己不断强大的同时，也允许自己有脆弱的权利，因为沮丧、失败、脆弱也是人生的一部分。

以前，我对旅行有着极强的痴迷和向往，我的第一本书，也有很大一部分是关于旅行。如今，我却渐渐觉得，旅行，应该只是生活的一种调剂，认知世界的另一种方式，而不是我的追求。

我喜欢在路上朝向未知的那种心情，也喜欢在家里看一本书写一些文字的小时光；我喜欢用镜头记录下我走过的足迹，也喜欢伏案工作时的认真忙碌；我喜欢见到陌生文化背景下的不同人，但更喜欢和爱的家人朋友在一起。

时间和经历，真的是能改变一个人的很多想法。旅行和生活，达到平衡才是很好的状态。生活，要有星辰大海和远方的诗意浪漫，也需要柴米油盐酱醋茶的烟火气息。这些也都体现在了这本书的文字中。

在这个勇猛精进的时代，除了诗和远方，当下的生活仍有许多朴素的美，简单的快乐，值得我们记取。这两年多在国外的经历让我明白，即使生活从不会风平浪静，它平凡琐碎，麻烦困惑，但总有一些时刻赋予温情，给予勇气，值得铭记。

在勇猛精进和欲速则不达中间，我们需要找到平衡，需要找到让心灵栖息、平静下来的方法。在大时代和小个体之间，每个人都有自己的步调，找准自己的，不用对比，也不用心慌，没有什么队伍需要我们非得赶上，按照自己的节奏来，顺应生命的不同阶段，相信时间的力量，不慌不忙，不急不躁，去除浮夸的、无谓的，才有可能活出自己想要的样子，得到自己想要的生活，以及内心真实的满足和快乐。而这样的结果，值得自己不断尝试和探索。

这本书，也是我尝试和探索的一个总结。回望书中十几万字，过往的一幕幕似乎都在眼前无比生动地流过。所有的文章，我在写完后，进行了一遍又一遍的修改、删减和调整，只为不违背内心对写作的要求，甚至在排版后，我提出了一些大幅度修改的地方。很感恩我的编辑对我的理解和支持，我们把这本书当成了一个共同的梦想——把这本书做到精益求精。

现在的生活，让我内心多了一些越来越深的、无法割舍的牵挂。我明白自己终究无法活成一个孤岛。我不回避自己对感情的需求，亲情、爱情和友情，是我人生中不可缺少的、最宝贵的财富。

在这里，我特别想感谢我的家人对我的关爱和支持！感谢我的爸爸妈妈，一直以来都给了我最大的自由，他们教会了我勇敢和独立，教会了我做一个懂得珍惜和感恩的人！感谢我的公公婆婆，他们开明通达、善解人意，从未给过我婚姻和生育上的任何压力，并且对我的写作和其他爱好都给予了极大的支持和鼓励！最想感谢的是我的爱人，他给了我一份坚定纯厚质朴的爱，给了我一个充满温暖爱意的家；他对我的写作从不吝啬欣赏和赞美；他支持我的梦想，支持我做任何我喜欢的事情；他包容了我某些方面的任性和不成熟，且从不挑剔指责我，在我需要的时候，总是无条件地予以陪伴、尊重、帮助和信任。

同时，我想感谢你此刻选择了这本书，愿你在这些我用心写下的文字中有所得。

I dare to live the way I want to

我敢活成自己想要的样子

—— \\ ∧ // ——

目录
CONTENTS

Part 1

初 逢

我 敢 活 成 自 己 想 要 的 样 子

—— // ⌒ \\ ——

I dare to live the way I want to

我们少不更事的时候，不懂什么叫孤独。

后来年纪长了一点，经历了一些事情，

开始慢慢感受到了孤独，

却总是急于向这个世界诉说自己的孤独，似乎孤独成了一个标签。

当所有等待变成曾经，
好多故事再说与你听

星期六，抵达英国的第四天。

时差还没倒过来，凌晨三点多就醒来。

躺在床上看手机，几十条消息，全是朋友们发的消息。

身在北京的闺蜜发来伦敦的天气预报，说伦敦今天下雨，但是应该下不到这个小岛，她还抱怨了一句你那怎么连天气预报都搜不到。

想着她说那些话时的表情就忍不住笑了，心里暖暖的。

放下手机，试图重新进入睡眠状态。半睡半醒就到了凌晨五点。

想着睡不着干脆起床做早餐看书，于是麻利地爬了起来。

做了草莓果酱吐司，一个白水煮鸡蛋，一杯摩卡。

很简单的西式早餐，一个人坐在餐桌前，听着BBC NEWS安安静静吃完。

我知道，以后还有许多个这样的日子，一个人吃早餐，一个人对自己说早安。

吃完早餐，戴上眼镜开始打扫房间。

客厅、卧室、厨房、卫生间和过道，擦桌子、整理物品、扫地和拖地，每个角落都仔仔细细清理。

想起以前在匈牙利时，经常偷懒不愿做家务，把搞卫生的事全都交给工人，还是后来在好友的感召教育下才开始自己动手。

而这一次，是那样的心甘情愿，用心甘情愿的态度，过随遇而安的生活，希望家里干净整洁，看着舒服敞亮。

家，是的，我已经开始把它当作家了，一个愿意以最大诚意对待的家。

在抵达根西岛的当天晚上，我没有急于休息，而是把行李全部拿出来，衣物一件件挂在衣柜中，其他东西也一一归置妥当，收拾完毕，洗了个澡，倒头就睡着了。

电脑里的Coldplay的歌还在播放，房间已经打扫完毕。

给自己泡了杯英式红茶，放在茶几上，穿着家居服，披着大红色的披肩，抱着电脑，盘腿窝在暗红色的大沙发中，抬头就看到茶几上正对着我的鲜花。

英语中有句谚语："Home is where your heart is"，意思是吾心安处即是吾家。

盯着美丽的雏菊，我再一次告诉自己：以后，这里就是我的新家了，是我心安的地方。

这一年的时间内，我有过很多不心安，并且感到恐慌的时刻。

三个老闺蜜全都结婚了，几个好朋友死党也都结婚生子或者处于热恋之中。

可我还是孑然一身。

爸爸经常对我敲警钟，要抓紧时间找对象，再过几年就三十岁了。

慢慢的，我反而释然淡定了。

人这一生，要获得一份有始有终的感情、一个恩爱默契的伴侣，机会稀少而珍贵。

我终于想清楚自己追求的并不是婚姻，而是幸福。

如果没有遇到想嫁的人，只是为了结婚而结婚，两个人在一起却无法相容，无法获得深层次联结的孤独，有时远远大于独自一人。

所以，我选择了在心里向过去一一告别，然后独自一人转身站到那个转折的起点上。

人总是需要告别过去，放弃一些东西，才可以走向未来，也需要重新身处新的环境，去看更广阔的世界，然后更了解自己。

有歌手唱："在所有物是人非的景色里，我最喜欢你。在所有不被想起的快乐里，我最怀念你。"

有人说："在众多没得到的东西中，我最迷恋的也是你。"

其实，那都是虚无的幻想。物是人非了，就该往前走，别回头。

不被想起了，就该顺其自然遗忘。该放手的时候，就不应再痴缠。

一切如水流动和变化。痛苦总是来自于不肯顺应规律的心。

年龄的增长是一个最自然不过的规律，25岁到30岁，对一个女人来说，是生命中极其重要的阶段。

这五年，我做的第一个重大决定就是——到英国工作。

曾经思考过很久，自己这五年该如何大体规划，也曾迷茫不知所措过。

到后来才明白选择太多，不知道选哪个好，就会容易纠结，而没有选择，则容易焦虑。

最好的是，知道自己要什么，在对应的选项出现时迅速抓住。

回想这大半年的时间，做了一个又一个选择。

从2月说分手恢复单身，3月完成毕业论文答辩拿到硕士学位，到4月辞去大学稳定的工作，5月参加国家公派的选拔考试，再到去英国大使馆文化教育处实习工作，然后6月辞工回南方陪父母，7月赴京参加北大培训，意外被钦点调换岗位，从伦敦调换到根西岛，再到7月下旬和8月上旬在大连培训，8月中旬回家到10月下旬办理各种手续，再到10月底去深圳递签11月中旬拿到签证然后从广州出发，再到现在终于在英国根西岛安顿下来，这一整年，充满了太多的变化和折腾。或许内心不够坚强，心力在这个过程中耗损太多。

如今，我终于可以停下来喘口气，像将要溺水之人终于爬上了岸，搭了一个窝，给自己一个家。

或许，潜意识里，我一直在等待这个家，或者说是等待这样一个安心从容的状态。

最后能够等到，我想大抵是因为走到生命的不同阶段，我都选择了顺应那一段时光，完成那一阶段该完成的职责，顺生而行，不沉迷过去，不狂热地期待着未来。

渐渐的，也就开始明白，那些我们为之等待的，都会在真正面对时需要我们有抉择的胆识和接受的勇气，而后才会得以成长，获得力量前行。每个人最终都必须为自己许下的心愿忍耐实现过程中的挫折和煎熬，这个过程积累的内在力量，它能隐秘地转化成魄力和勇气。

而后的某一天，才可以云淡风轻谈起从前，笑着说起某些故事，似雁过无痕，风过水平。

Part 1

初逢

—// ∧ \\—

偶尔与人结伴同行，
多数独自前往

根西岛难得的晴天，阳光格外灿烂。

坐在公交车上，看手机微信，得知静要结婚了，月底领完证就跟随丈夫奔赴他工作的地方——马拉维，一个我们都很陌生的非洲国家。

在朋友圈，看到楠发的状态："我知道你会幸福，因为你值得拥有最好的爱情。马拉维的阳光一定很温暖，而我会在这里祝福你们在遥远的异国他乡悠然平顺，惬意安宁。"

看完那段文字的瞬间，我的眼泪因感动汹涌而出，很多过去的片段全都立体地在脑海中一个个浮现。

静和楠，都是我研究生时候的室友，也是在同一组织中并肩走过时间最长的"战友"。

研一时，室友五个人中，我们三个是单身，每到节假日，寝室人数与平时相比少很多，区别特别明显。

我们三个人一起参加过联谊，一起去过一大群陌生面孔的聚会，一起长吁短叹真爱怎么还不到来。

研二时，我们五个人，楠和我去了匈牙利，Amanda去了波兰，Emily去了西班牙，静留在了北京。

那一年快结束的时候，我开始恋爱，Amanda对四年的恋情开始动摇，Emily和男友因为异国恋分手。楠还是单身，静仍纠缠于前男友，即使那段感情成为过去式已经两三年。

回国后，静已经毕业，剩下我们四个开始奋战毕业论文，确保能够在春季顺利毕业。

Emily和男友分分合合最后彻底结束，Amanda被男友感动而重归于好，楠谈了一段非常短暂的恋爱后分手，静相亲过好些人，婚恋网站也注册了好几个账号，始终没有碰到一个靠谱的人，我在数日的痛苦折磨下理智地选择了和平分手。

静，楠和我，还有Emily，在硕士毕业前，全都成了单身。

再后来，已经记不清是从哪一天开始，我们一个个搬离了寝室，离开了北外。

Part 1
初逢

或许是成熟了，或许是懂得隐藏情绪，分别时我们并无太多伤感，只是在很久以后，当意识到再也回不到北外一起学习生活，再不会有深夜卧谈的日子，才发现心中几多留恋。

生活轨迹的不同，让彼此的联系越来越少，只有静和楠一起合租了房子留在了北京。

有一天，无意得知静谈恋爱了，她跟我说是高中同学介绍的，只是男生还在非洲工作。

我问她，这能靠谱吗？她告诉我这次是认真的。

给我看照片，男生长得不错，很阳光，重要是对她真心愿意许以承诺。

又过了几个月，在微信上聊天时得知，楠也恋爱了，是朋友的姐姐介绍的。比她年长八岁，很高，很帅，非常宠爱她，隔了几千公里，我都能感受到她的幸福。

然后，今天知道静要结婚了。泪眼蒙眬中忍不住想起那段似成熟又懵懂的日子。

我们曾挽手走在夏夜的北外后街买水果，感叹怎么都看不到一个帅哥；

我们曾一起去北理工食堂吃饭，边吃边唏嘘北理工食堂真不错，好吃又便宜；

我们曾中秋时一起去吃自助餐，吃撑后围着北大的未名湖走了一圈又一圈；

我们曾在寝室睡前卧谈中，担心着会不会一直单身下去，再互相安慰鼓励爱情一定会在某天降临。

我知道一段感情修成正果有多不容易，我也知道要遇到那个对的人的概率是多么的微乎其微。

庆幸的是，在走过那么多个独自一人担起生活所有的日子后，静遇到了，也修成了。

我还记得她因为前男友流泪的样子，记得她恨前男友恨得咬牙切齿诅咒他时的样子，也记得她口无遮拦地说"姐不适合结婚，结了婚也会离婚"，还记得她跟我说"你一定会遇到对你很好的男人，比他好千倍万倍"。

而如今，这个敢爱敢恨的女人隔着万里发消息给我，笃定地说："马拉维那个地方很好的，我一定会幸福的，你也是，要相信。在国外好好照顾自己。"

有多少女人，就像是天生为爱而生。所以，才会有歌里唱："只是女人，爱是她的灵魂，她可以奉献一生，为她所爱的人。"

不管看起来多强大精干的女人，抑或是多独立坚强的女人，当遇到自己爱的那个男人愿意为自己遮风挡雨时，内心总会不自觉变柔软。

女人的故事，似乎总是少不了爱情和男人，如果没有，则显

Part 1

初逢

得寡淡不够荡气回肠，即使都知道爱情那条路从来都不平坦，偏偏还是有太多的女人，总渴望着那股义无反顾去爱的悸动。

一路走到现在，曾经并肩一起走的人，已经越来越少，大多数人已经有了婚姻和家庭。

刷一下朋友圈，看到研究生时的同学Rachel和老公去新西兰度蜜月了，照片非常漂亮也非常恩爱；

朋友Ava和老公去墨西哥Cancun度假潜水，拍了很多有即视感的大片；

在英国留学的乐在温馨的烛光和玫瑰花中甜蜜地接受了一同来英留学的男友的求婚。

……

我走在根西岛的海港边，海风吹起越来越长的头发，心里有个声音冒出来："为何幸福甜蜜的爱情那么多，我却沾不到一丝一毫？"

就像走过樱花大道，却没有一片樱花停落在肩头。

遇到过很多人，演绎的多是他爱我，我不爱他，或者我爱他，他不爱我的俗套桥段。

看到静这样放下国内的一切追随丈夫远赴国外，我不禁想起在二十岁出头时的那场大学恋爱，在毕业前我曾经收到过同样的邀请，也许，是因为我没有静那般为爱走天涯的勇气，也许，是因为那时候的我对那段感情没有足够的信心，也许，是我内心觉得我们并不合适。不管何种原因，我都选择了放弃。

在若干年后，当我想起，还是会忍不住设想如果当年和他一起去了德国会怎样。

可是，我几乎立刻就意识到，那样的设想和伤感都是无谓的，青春里的爱情，是不能回望的，错过的人，是不能去想如果的。

人生就是这样，无法圆满，各人有各人的因缘，放不下也无用。

这大概是这几年最深的感悟：接受人生的不完满，也接受遗憾，我们的人生没有"假设"这个真实的选项，发生的就一定有其尚待被发现的用意，选择了就不用再追究什么是非对错。

前几日买的玫瑰，仍然怒放，茶几上、餐桌上、木桌上，都看得到那娇美的花朵。

那是我送自己的第二束玫瑰。

也许未来的很多日子，仍然是我独自一人走在蓝天白云下，仍然是我独自一人去买玫瑰，回家安安静静插在几个花瓶里自己欣赏，仍然是我独自一人拿着单反行在旅途中。

可是，我想我还是做对了，守着自己的这颗心，努力地工作，认真地生活，尽管寂寞和孤单，我没有创伤。

花期有条不紊，岛屿秩序井然。盛衰有时，重生有时，我知道今日流泪写下的文字，有一天我会对此安然笑之。

我知道，未来的他总有一天会来的，只是路途遥远，我要耐心等待，像泰戈尔诗中写的那样："我要沉静地等候，像黑夜在星光中无眠，忍耐地低首。清晨一定会来，黑暗也要消隐，你的声音将划破天空从金泉中下注。"

我也知道，人生这条路，偶尔与人结伴同行，多数独自前往，到了后来，也许我不会再思考是否能够找到谁一起去看海赏花，只是随性而往，不愿辜负明媚春光。

有万事无挂碍的自在，
和身在此身的笃定

根西岛的春天，终于如期而至，路边的野花不知道什么时候就突然开了，家门口的老树也不知道什么时候开始冒出嫩芽。

没有工作的上午，早晨七点就被阳光叫醒。

拉开窗帘，看到湛蓝的天空漂浮着朵朵白云。春风拂面，像一个温柔的微笑。

洗漱完，坐在餐桌前吃早餐，一杯奶茶，一个白水蛋，一块Florentine tart。

房间里充满着李健的《贝加尔湖畔》，悠扬，动听。

最近迷上了他的音乐，干净、从容且带着安静的力量，仿佛他的歌声中凝结了许多时光和经历赋予的深沉力量，轻而易举地就打动人心。

餐桌对着落地窗，阳光透过纱帘照亮了整个房间。

英式红茶，我已经习惯了加牛奶，茶与牛奶混合的色彩，配合着镶着金边的精致茶杯，甚是好看。

Florentine tart盛在配套的碟子里，散发着巧克力、焦糖、橙皮、马沙拉白葡萄酒和山核桃的香味，十分好吃。

我看着眼前的一切，还有满屋子的阳光和春风，觉得"岁月静好"这件事是那样真切地发生着。

这段日子，虽然不时仍有一种单身的心有戚戚焉，但是心态变得愈发平和。

爱情是一个自然而来的过程，它会发生，当你不再过分关注，而是将重心全部放在自己的生活、爱好和工作上时。

为情所困、为爱所忧的似乎多半是女人，网上更是漫天飞舞着教女人如何俘获男人心，如何成为男人喜欢的女人，如何追求喜欢的男神等文章。

男人似乎成了恒星，女人总是绕其转动。

实际上，真正优秀的男性，不会过度将精力放在儿女情长上。真正优秀的女性同样也如此。

不记得谁说过，如果女人把谈情说爱的精力用于工作，不知道会增加多少生产力。

爱情之于女人，就像一种容易上瘾的东西。

我有朋友对淘宝上瘾，一天不打开淘宝买两样东西就手痒；有朋友对吃火锅上瘾，恨不得顿顿吃火锅；有朋友对去健身房上瘾，风雨大雪都不能阻挡她去健身房的脚步，还有朋友对手机上瘾，一天24小时手机不离身……

爱情这种东西，不同于任何上瘾的东西，一旦尝过爱情的味道，它就能迅速占据人的大脑和心脏，叫人日日不得安生。

如此这般的人，大多是女性。我以前也不例外。

所以看花不是花，看山不是山，看水不是水，似乎任何事物都能与爱情联系起来。

可是身边也有一些这样的女性朋友，爱情之于她们，不过是生活的一部分而已。

闺蜜璐璐很向往西藏，去年在攒够了钱，受够了朝九晚五、明争暗斗的办公室生活后，毅然辞职与她的两个女同学去了西藏。

一呆就是一个月，那段时期看她发来的照片，笑得格外明媚和舒畅。

我问她："去那么久，你不想你男朋友吗？为什么不等你男朋友放假了一起去啊？"

她笑着说："傻啊你，为什么凡事都要跟男朋友一起做啊？我也有自己的生活啊。"

一个自己开公司创业的姐姐，不仅拥有清华的博士学位，而且美丽大方知性，三十多岁，没有结婚。

每次看她在朋友圈发的内容，要么是行业信息，要么是分享一些读书心得，要么是工作上的感悟，要么是时尚方面的东西或者几句俏皮话，从来没有看过她发任何与爱情有关的内容。

研究生时的一个同学，现如今已嫁，且嫁得很好。

女人节时，我给她发微信，说："女人节快乐，愿你有更温柔强大的内心和更美丽的容颜。"

她回复我说："说得太好了，无论何时，都要努力提升自己，让自己变得更好。"

然后，聊了下她和她先生的感情故事。她告诉我，整个恋爱过程，她都没多想，就过好自己的生活，然后顺其自然地发展，一切也都很顺利。

在她青春年少时，也有过重心都在爱情上的恋爱，不过结局惨痛。

后来学会所有的精力用来过生活，学知识，让自己变得更美，日子反而开始过得舒坦。

她跟我说过很多次的话就是——一定要爱自己。

关于"爱自己"三个字，好像是从成年后就一直听很多人说起。

光阴一年年过去，我对"爱自己"这个概念的认知，也在一点点变化。

以前爱自己，爱得有些太用力，也太刻意。大概是理解还有些肤浅，认为给自己买了漂亮的衣服就是爱自己，泡在喜欢的咖啡馆看书写作就是爱自己，去喜欢的地方旅行就是爱自己，所有这一切都会发朋友圈广而告之，似乎是要向别人证明一种姿态——我是爱自己的。

如今爱自己，更像成为一种自然而然的生活习惯，无须旁人关注喝彩，也不用刻意为之。

所以，才会每周去花店给自己挑选美丽的花朵，玫瑰或者郁金香，雏菊或者风信子，摆在家里不同地方，只为自己欣赏。

才会隔两天就整理收拾房间，心情不好时就做做家务，看着家里宽敞明亮，烦恼也就消散一半。

才会断舍离，对不必要的人和事，不走心，不停滞，也不留恋，更不会与回忆大动干戈。

才会信步在海边，看海景晒太阳，懒懒地放空发呆什么也不想。

才会不为难自己，把心事烦恼都搁浅，不带它们过夜，只为一夜好眠。

才会在不工作时留出一个人的时间，不受手机的干扰，专心听歌、看书、写字、看电影、健身。

……

那日，无意看到一段话："可能是至今为止最平静富足的日子了，像斜阳照进窗户的那种淡金色，我坐在窗下，低头抬头，就是归去来的第三个春了。说来赧然，活到这个岁数我才首次体会独立养活自己的快乐。有负担，有余钱，偿完月供后虽不能挥霍，但胭脂衫裙总可任性。无须负人亦无人负我，有万事无挂碍的自在，又有身在此身的笃定。"

换作几年前，估计我会对这样的一种状态羡慕，但并不能真正理解。

现在，是真实地活在这样一种状态里，才知道这样的日子有多澄明和欢喜，但这的确是需要实打实的金钱做后盾的，自己挣来的，才更有那般的笃定和自在。

挣钱，是需要积累知识、提高能力和花费时间精力的。

所以也才知道，以前的日子，着实荒废了许多。

因为什么荒废？我想，大抵是因为爱情。

年轻一些的时候，总把爱情看得大过于天。

恋爱时，身边的一切总能跟男友和爱情联系起来，大把大把应该用来学习的时间，都用在了腻在一起，或者情话或者吵架中。

失恋时，借酒浇愁失声痛哭，翻看合照、短信、日记让一夜失眠，放逐旅途却在旅途中恍惚伤心，那些事，也不是没有过的。

单身时，想着爱情什么时候来，思考自己到底适合什么样的男人，看各种爱情文艺片然后沉迷感动，这些也都是常有的。

现在看来，虽然可以说成是青春成长中必经的一个阶段，但是若能重新来过，我宁愿再也不要那样过。

一本本需要认真研读的专业书籍，一个个需要花时间的兴趣爱好，一件件应该心无旁骛去做的事情，都好过了百分之七十的时间和精力被爱情占据。

跟朋友聊天，说到假期想去那些还没去过的一些国家走走看看。

他问我："你现在这些地方都去了，那以后恋爱了结婚了，你跟你老公还能有地方去吗？"

我笑说："我想去和以后是否跟老公再去，也不冲突啊，我总要过好我自己的生活，不能什么都等着将来和另一半一起做，万一他不出现了呢，哈哈。"

"也挺对的，还真不能等，想做什么应该自己先去做。"他回复我。

这种状态，像是将人松绑和释放，整颗心都柔软下来。

不等待谁，也不留恋离开的谁，更不耗费太多脑细胞用于思考看不见、摸不着的爱情。

爱情，用于艺术创作时，是灵感，也是火花。

可是在每日真实的生活中，其实是不需要太多的，恰如其分刚刚好。

从此，看花是花，看山是山，看水是水，开始去体会珍惜当下每一刻，开始懂得万物无挂碍有多自在，身在此身有多笃定。

异国冬夜里为自己而亮的灯

十二月的根西岛，已经越来越冷。

海风夹杂着寒冷的气息，吹得我不自觉竖起大衣的领子，加快行走的脚步。

提着购物袋，走到家门口，看见落地窗透出来的明亮灯光，不禁有些出神。

似乎，那真的是我第一次那么强烈地觉得我给了自己一个家，那是不同于有父母呵护的那个家，而是成年后漂泊近十年来给自己的一个家。

关于家的概念，在我25岁以前，一直都觉得有父母在的地方才叫家。

我住过几个不同的城市，去过世界很多不同的地方。

走得越远，越清楚自己牵挂的是什么，渴望的又是什么，对家的轮廓也有越来越清晰的认识。

记得有一次是北京的黄昏，我路过一个小区，灯火通明，一个个窗口露出温暖的灯光。

我想象着灯光包围着温馨的一家人，可能在一起吃饭，可能在一起看电视，可能那也只是我美好的想象。

因为灯光下也有可能坐着的是孤身一人在北京漂泊的姑娘，可能是在抽着烟为着房租烦恼的年轻男人，可能是为了买房买车在争吵的小夫妻……

不管怎样，那一个个窗口，就像一个个平凡却引人入胜的故事，述说着人间百态。

我们大多数都是平凡人，过着最普通的生活。

我也不例外，在那样一个似乎拥有一切却又一无所有的年纪，平凡的我是那样渴望在北京有个自己的家，渴望那个家为自己的生命留下浓墨重彩的一笔。

曾经一度觉得无限接近那个家，可是最后我发现自己触碰到的只是幻想出来的海市蜃楼。

Part 1

初逢

—〳〵∧〵〵—

有时候幻想就像一个璀璨的水晶球。

被打碎后，有的人守着一堆碎片伤心痛哭，试图拼回原有的完整。

有的人痛痛快快抛下碎片，不留遗憾大步向前走去。

而我，更像是从碎片中看到一个不成熟的自己，然后转过身，发现背后还有那样广阔的世界值得追寻。

然后一路跌跌撞撞，我来到了梦想中的英国。

这里有着高贵的伊丽莎白女王，有着全世界最负盛名的牛津大学和剑桥大学，有着散发古典主义和人文主义的文学和戏剧，有着值钱的英镑和高冷的英伦腔……

总之，这里有着太多让我心驰神往的人和事。

可是，我却并没有生活在英格兰、苏格兰或者威尔士，而是生活在一个二十几年来从未听过的地方——根西岛。

根西岛在什么地方？

把谷歌地图放大放大再放大，都不一定看得到的地方。

本地人形容它为tiny island（微小的小岛），或者secret place（秘密的地方）。

关于根西岛，我跟身边的朋友解释了无数次：

"根西岛是英国的三大皇家属地之一，位于英吉利海峡上，距离伦敦72公里，距离法国诺曼底27公里，'二战'的时候曾被德军占领过。有着迷人的沙滩和大海……"

I dare to live the way I want to

我敢活成自己想要的样子

—— // ∧ \\ ——

这一段解释，在我跟英国人的相处中，一度被拿来开玩笑，引得对方哈哈大笑。

我的美国朋友得知我在英国后，跟我说："England is not one of my favorite places because of the weather, but Spain, Italy, Portugal, Greece, yes."（因为天气，英格兰不是我喜欢的地方，但是西班牙、意大利、葡萄牙、希腊，很棒，是我喜欢的地方）

我听了哈哈一笑，英国的天气当然比不得加州和地中海国家的天气。

幸运的是，相比于英国本土，位于英吉利海峡上的根西岛天气已经算是不错。

每当沐浴着灿烂的阳光，看着湛蓝的天空和蓝得醉人的大海，还有大朵大朵的白云，空气清新得让人觉得每个毛孔都在舒展。

尤其是晴天，漫步在海边，或者沿着悬崖徒步行走，都会给人由内到外带来一种安宁和愉悦。少有的晴天甚至能激发出内心的感恩。

是的，晴天的根西岛的确很美，语言描述不出那种美的精髓，但是身处其中却分分钟都被陶醉着。

可是，这些都不是最重要的。

最重要的是，我觉得自己在根西岛有了家，很心安，不慌张，不害怕，每天都能从容地面对工作和生活中的各种事情。

该如何解释这种家的感觉？

因为已经不是第一次出国工作，所以我并没有第一次那样高的期待值和新鲜感。

我也不是第一次一个人住，一个人生活。

可是有些东西却真的有了微妙的变化。

在根西岛，很多人问我："Do you enjoy staying there?"（你享受呆在这儿吗？）

我很喜欢他们用的那个词——enjoy（享受），因为它给人一种放松中却带着笃定的感觉。

几年前在匈牙利工作生活的时候，很多个晚上我都睡不好，醒来便总有难受的感觉，门外有一点响动我就很害怕。

我从来没有单独去过咖啡馆，从不在晚上到超市购物，没有买过任何东西来装饰房间，想的都是只不过生活一年而已。

可是在根西岛，因为倒时差睡不好，醒了睡不着，我就起床做早餐或者看书，或者跟国内的家人朋友聊天。

我会一个人去咖啡馆，点杯咖啡，坐着上上网看看书；

会一个人去逛街，看衣服、护肤品、香水和鞋子，甚至会对橱窗秀大感兴趣；

会一个人沿着海岸线散步，看着自由飞翔的海鸥都能让我心生欢喜；

　　会去古董店淘古董饰品和餐具，让房间看起来更温馨和舒适；

　　会在傍晚的时候去逛超市，买一些食物回来，一边听歌一边给自己做晚餐，做起中餐和简单的西餐也越来越得心应手。

　　……

　　那是一种由内到外放松的状态，我不知道是不是因为没有了语言障碍，还是因为这两年的经历让我成长了许多。

　　以前看日本女作家山本文绪的《然后，我就一个人了》，并不是太懂那些文字出于怎样的心情，现在却慢慢开始了解。

　　她说："对自己严厉或者温柔，都是我的自由。"

　　现在的自己，应该是拿出了最温柔的一面在用心对待自己和生活吧。

　　或许，真的是人若用心，便会舒心。

　　现在的生活，让我觉得自己不能祈求更多。

　　因为能给自己一个家，给自己安心的感觉，已经是莫大的幸运。

　　在我傍晚临出门去超市前留的那盏灯，在这个异国冬天的夜里，像是隐秘地替我完成了一个仪式，让我更懂得感恩。

　　只有珍惜现在的时光，好好生活，才不会辜负生命给予的最朴素的美和真实。

静下心来，
与孤独相处

前些天微博上有个特别火的话题，叫作"哪个瞬间最孤独"，留言达到好几万。

我点开看了看，看到有人留言说年纪越大，越难交到真心的朋友，常常觉得自己很孤独，不知如何排遣；有人留言说身边的朋友们都结婚生子，或在恋爱中，但是自己仍然单身，觉得自己越来越孤独；有人留言说独自在国外留学，二十多岁了还没谈过恋爱，问是否会孤独终老……

我关了网页，窝在沙发里，有关孤独的陈旧片段扑面而来。

2010年考研的冬天，我每天独来独往一个人去自习，宿舍也只剩自己一个人。

倒计时40天的时候，我还有很多书没复习完。晚上快11点从自习室回到宿舍，拿出书继续看，却发现之前复习的内容很多又不记得了。对着书本，一个字都看不进去，心慌焦虑得不知道该怎么办。

那时候觉得，考研是长大以来经历的第一件孤独的事。

2012年刚到匈牙利工作的时候，某个周日去大学里转了转，结果走了半个小时，路上一个人都没有。自己的呼吸声和脚步声清晰得让人害怕。想给家人朋友打个电话，但是国内已到半夜，只能作罢。

那时候觉得，一个人在国外的陌生城市工作生活的感觉，是没法向别人诉说清楚的孤独。

2014年初春在北京的时候，感情遭遇背叛分手，毕业论文开题报告被否，对是否留在北京工作犹疑不决，看不清未来在什么地方。

好几次走在夜风中，看着车水马龙万家灯火，一个人边走边哭，眼泪不受控制地往下流。

那时候觉得，自己就像孤独的游魂，游荡在北京那座巨大的城市迷宫中。

在英国的这一年中，面对浓黑如墨的夜，还有阴晴不定的天，想起万里之外的家人和朋友，看着自己在这个英伦小岛上清冷的生活，偶尔觉得孤独像涨潮的海水，在一点一点吞没自己。

可以回想起来的片段太多太多，不禁让我想起一个朋友跟我说过的一段话："这些年不管我在国内还是国外生活，不管是谈恋爱还是单身，都觉得自己很孤独，那是一种心理状态，很难解释清楚，却一直存在。"

我们少不更事的时候，不懂什么叫孤独。后来年纪长了一点，经历了一些事情，开始慢慢感受到了孤独，却总是急于向这个世界诉说自己的孤独，似乎孤独成了一个标签。

一方面，想让别人看到这个标签，一方面又希望借助他人之力撕下这个标签。

有时候，你需要身边有很多人，这会让你产生自己并不孤独的幻觉；有时候，你需要对方给你很多爱和关注，填补内心孤独的黑洞。

但是在异乡想念起一些旧人旧事的时候，在被周围不理解的目光包围的时候，在失去生活方向迷茫徘徊不知所措的时候，在经历痛苦伤心却不知向谁诉说的时候，你会发现，其实孤独从未放过你。

加西亚·马尔克斯写过《百年孤独》，苏利·普吕多姆写过《孤独与沉思》，蒋勋写过《孤独六讲》，理查德·耶茨写过《十一种孤独》，这些作家经历着孤独，又打磨着孤独，将心境与感触化成一个个文字。

那些文学作品在某时某刻某个阶段让人读毕内心澎湃热泪盈眶，慰藉过我们的孤独，同时也让人明白——孤独是一生都摆脱不了的常态。

英国作家毛姆也写过一段关于孤独的话："我们每个人生在世界上都是孤独的。每个人都被囚禁在一座铁塔里，只能靠一些符号同别人传达自己的思想；而这些符号并没有共同的价值，因此它们的意义是模糊的、不确定的……因此我们只能孤独地行走，尽管身体互相依傍却并不在一起，既不了解别的人也不能为别人所了解。"

这段话传达了一个很朴素的道理，却也是很多人最初不信，但到后来都相信的道理：感同身受是个伪命题。

我有个好朋友生完孩子后抑郁了很长一段时间。有次她跟我聊天，说起跟婆家人住在一起的矛盾，带孩子的辛苦，每天涨奶和半夜喂奶时的痛苦。

我安慰她说，这个阶段总会过去的，而且你老公很爱你，一家人幸福美满是最重要的。

她说："他是很爱我，对我很好，可是他永远都不会明白我内心的感受。我跟他爸妈很多生活习惯不一样，住在一起摩擦很多，但不得不住在一起，因为母乳喂养我每天都没办法睡一个整觉，白天还要做家务，我现在没有工作，也基本上没时间和朋友来往，我心里的孤独他根本没有办法理解。"

听完她那段诉说，我一下子不知道该说些什么。因为身为局外人的我也没有办法真正体会她的孤独。

的确，那个阶段会过去，可是身处其中的人所受的煎熬，别人是永远没有办法真正理解的，哪怕这个人爱你，关心你。

就如每天可以看到缤纷世界的人，永远没办法理解盲人在黑暗中行走的孤独。

所以说，感同身受这件事，其实是骗人的。

我们为什么需要别人感同身受？

大抵是因为想以别人的理解为证明，证明不是只有自己经历痛苦不堪或焚心之苦，证明自己不是孤独的，而是被接受和理解的。

我同意廖一梅写过的一句话："在我们的一生中，遇到爱，遇到性都不稀罕，稀罕的是遇到了解。"

既然是稀罕之物，那么得不到也就是正常之事。当你愿意去面对这个事实的时候，其实孤独就不再那么可怕。

人生中，一定会有很多事积累到一个点，让你能够接受那个事实。

　　渐渐的，身边的人走的走，来的来，散的散，看上去还是那样人来人往，我们的心里却比任何时候都淡然，因为我们开始知道，孤独不是外界可以化解的。

　　明白了这点，心里的躁动便会逐渐偃旗息鼓，取而代之的，是缄默。那缄默就像月光下的海面，宁静、悠远。就像我在根西岛的夜晚，看到百年的古堡立在海边，灯塔的光永恒地指向远方。

　　我们再也没有青春时期那种想找人倾诉孤独的欲望，每个人都有为自己忙碌奋斗的生活，都有不为外人道的孤独。

　　在表面忙碌的生活中，人们开始学会将孤独收藏，缄默不语。这其实是一件好事，因为只有这样，你才会真正知道如何与自己相处，才不会因为外界变了，自己内心就乱了。

　　孤独，是极其能磨砺人的东西，就像《琅琊榜》里的梅长苏，在13年的孤独中韬光养晦积蓄力量，将自己磨成一把利剑，一旦出手，招招致命。很少有人能够说自己不孤独，但是一定有人在孤独中乐得享受那份自在，也有人选择与孤独和平共处。就如有的深夜，我独自坐在客厅，看着灯光下自己的影子，就像看着孤独坐在我的对面，一脸友好的平静。

　　我常想，孤独这种东西的存在，或许是为了让人能够更清楚地认识自己，不再惧怕活色生香的人潮将自己淹没，慢慢磨砺出一种处事不惊的平和心态。

你看，孤独其实并不是可怕的东西。

真正可怕的是，由于不愿意接受孤独的事实而产生的恐惧。那种恐惧，会驱使人去做很多对自己其实并无益处的事情。比如担心自己孤独终老，就匆忙与并不了解的人进入婚姻。

我认识的一个朋友，在她28岁时，受不了自己一个人的生活，开始担心自己会嫁不出去，害怕自己会孤独终老，于是嫁给了相亲认识的一个自己并不喜欢的男人，婚姻持续不到两年就离婚了。

离婚后她倒是彻底清醒了，现在依然过着独身生活，工作、赚钱、进修、健身、旅游，她告诉我，相比不幸福的婚姻，她宁愿选择自己一个人孤独的生活。

我们已经不是摇篮中的婴孩，不是哭喊吵闹就会获得关注。你在孤独中喊破了嗓子，也许听到的也只有自己的回声。

消解不了孤独，不如就与其握手言欢，这样相比歇斯底里的挣扎，姿态要好看得多。就如独自一人坐二十几个小时的长途飞机，飞机带你穿过空气稀薄的空间，机舱内都是不相识的陌生人，在一定时间内仿佛置身于虚无的时间和空间，那一刻的孤独，就如机舱外的茫茫云海般无法消散，不如就拥抱孤独，和衣而眠吧。

她单身，
她还没有结婚

英国进入夏令时后，白昼的时间一天天增长。

下午五点多，天空仍然亮着。我结束一天的工作回到家里。

越来越依赖这个家，虽然只有我一人，却带给我足够的舒适和自在。

看着家里摆着的上周末新买的红玫瑰和黄玫瑰，想起上午和父亲争执时，父亲说的那些话语，一字一句，刺在心里，如鲠在喉。

盘腿坐在大沙发中，眼睛十分酸胀，但仍打开电脑，看起以前自己写过的那些文字来。

行一行字，让我回想起许多个深夜，独自一人，一台电脑，一盏台灯。

空白的文档，疯长的情绪，将内心诉诸一个个方块汉字。

一个一个段落，让我回忆起很久都不再回忆的人和事，幸福的，伤心的。

刻进岁月年轮里的人，早已不在身旁，留下的许多故事，遗忘和铭记，也已没什么了不起。

一篇一篇文章，看到前行过程中那么多的内心挣扎和角力，如今回味，唏嘘不已。

某天夜里，在朋友家里，听她倾诉下午六点以后游荡在空无一人的街上，想起这些年都是自己一人走过来的，内心觉得十分孤独。

说着说着，她开始流泪。我不忍，给了她一个拥抱，然后眼泪不自觉就流了出来。

瞬间想起柴静的《看见》一书里，有一句话大意是：没有深夜痛哭过的人不足以谈人生。

两个东方女子在英国的深夜里抱头痛哭，因为人生里如影随形的孤独。

而且，那还是两个快三十岁的中国女人。

在中国，"三十岁"这三个字，让许多女人的父母，如临大敌。

女儿最好是在三十岁前就已经嫁掉，最好三十岁前就已是几岁孩子的妈。

在我二十出头的年纪，看到很多人写的关于父母催婚生子的文章，万般无奈忧愁化成绕指柔。

我曾跟朋友分享讨论过那些文章，并说好幸运，家有一对开明父母，此事不会发生在我身上。

怎想现实在几年后讽刺地打了我一个大耳光，在我晕头转向之际告诉我话不可讲得过早和过满。

上午得空，和父亲视频，告诉他我拒绝了一个追求自己的男孩儿，觉得只适合做普通朋友。

父亲听后，劈头盖脸一句："你这个年纪了，不要再那么挑剔了！越往后越没得挑，越挑越差！没有十全十美的人！"

"我不是挑剔，是真的觉得不适合，即使在一起也不会幸福。"我解释道。

"幸福？什么是幸福，你告诉我什么是幸福？你这个年纪，再不找对象，以后就更难找了！为什么别人能结婚，你却成不了家？你自己要反省反省！"

又是"你这个年纪"，我在听到多次类似论调后终于爆发，就这样隔着八小时时差，近一万公里的距离，和父亲发生激烈争执。

"我26岁单身难道就变成了一种罪过？我这个年纪难道就要把自己当成超市里打折的大白菜贱卖出去？是我不想结婚吗？

没遇到那个人，你让我跟谁结婚？我跟他不合适，我就是不想凑合，我不结婚怎么了？"

"你过了26岁，今年就27岁了。我不在乎你多优秀，不结婚就是没用，我不管你多会赚钱，工作多好，你没结婚就是没用，为什么别人能够结婚，你却不能？为什么别人结婚生孩子一家三口美满幸福，你却飘来荡去的一个人在国外？"

听着父亲那些话，我开始明白，争执已无用，我的愤怒和抗议也无用，在他心里，因为我性别女，26岁，奔三，单身，不结婚就是一种过错。

在当代中国，和父亲持有类似观点的家长不在少数。

在他们眼中，女性不结婚不生孩子是不完整的，女性的价值仍然更多是体现在结婚生育上。

父母曾经用心培养我们，期待我们长大成人之后成为有用之才。

可是到了某个年纪，只要我们还单身没结婚，在父母和亲戚的眼里，我们的价值似乎顷刻丧失。

关掉视频，我忍不住抱着双膝痛哭起来。

哭声回荡在屋里，我想我怎么也到了这样一个地步？可悲还是可笑？

心里问着，为什么曾无话不谈那么睿智幽默的父亲变得这般不可理喻，我想要的一丁点理解怎么就变成了奢侈品？

老姐在几年前跟我说过，越往后，会发现理解自己的人越来越少。

以前还不信，现在发现果真如此。

过春节的时候，我虽人在英国，却仍感受到国内对于年轻人婚姻一事的舆论压力。

因为微博、微信朋友圈充斥着各种相亲催婚的段子和文章，还有些被催的朋友的各种吐槽抱怨。

所有这些，都在传递着一种在父母催婚高压下的无奈和痛苦。

"你结婚了吗？""有对象了吗？""你到年纪了，该找对象了，是时候结婚了。""怎么还没有结婚呢？是不是太挑剔了啊？""什么时候把对象领回家就好了啊。"

……

每一句话，第一次听，都可以当作耳旁风。听多了，再好的脾气也会忍不住跳脚，"我单身怎么了？我不结婚，我犯法了？"

一个结婚五年后离婚，现在单身的朋友给我发微信说："之前新闻那个截图，有个老人家说，什么应该判刑？不结婚就最应该判刑！笑得我半死。"

另一个三十岁还没结婚的朋友跟我说："我爸妈催我结婚催了好多年了，我都习惯了，因为这事儿吵架也吵过很多次，现在我都懒得跟他们吵了，随便他们说。"

我终于明白为什么有人把25岁当作分水岭，除了自身的很多观念想法在25岁时会发生巨大变化之外，25岁以前，爱怎么生活想怎么逍遥都是自己的事，可是过了25岁，没有结婚的男女，在父母和亲戚的眼里，就像是患了某种残疾一样。

一向崇尚凡事顺其自然的母亲，某天发微信跟我说："你爸爸夜里睡不好，非常担心你的婚姻大事，你要抓紧时间考虑考虑了啊。"

如果月老能听到那番话，希望他能加速给我安排一份好的姻缘，免却我父母心头的最大忧虑。

可是，我想月老未必得到，因为有太多的家长说着类似的话，那些话就像交叉的电波，盘踞在大街小巷的上空。

我们抬头看向天空，天空灰霾霾的让人窒息。

"我想要自由！"

"不结婚，你给我谈什么自由？你要那么多自由干吗？！"

"我不想要将就和凑合的婚姻，那样不会幸福！"

"你们这代年轻人就是事儿多，结个婚哪来那么多事儿？"

"我现在还不想结婚，没有合适的对象。"

"什么合适不合适，感情都是可以培养的，你就是找借口！"

……

我真希望来一道闪电，劈碎这些那些经久不散的电波，劈碎那些情感绑架式的关心。

I dare to live the way I want to

我敢活成自己想要的样子

可是我知道，闪电不会来的，只要我们还单身，还没结婚，那些催促就会越来越多。

　　跟在国内的好友打电话，说着内心的诸多忿忿不平和委屈失意。

　　谁知，他很严肃地说："你那些话就是赌气，就是任性。你要首先理解你父亲为什么催婚，因为他爱你，他就你这一个闺女，他希望有人照顾你爱护你。他很心急，才会说那些话，并不是有意要伤你心。你要理解你父亲，同时还要包容他。你要求得到的理解是相互的，前提是两个人平等。可是父母给予我们的养育之恩，注定我们和父母不可能平等。所以，我们要包容父母，什么是包？什么是容？你要好好想想。"

　　见我没再吱声，好友继续说道："我爸妈也一样催我结婚呢，身边很多朋友的家长都催。你父亲下次再催你抓紧时间找对象，你就说你在努力，抓紧着呢。他也就会宽慰很多。每个年纪都有该做的事情，我们这个年纪的确是到了要考虑婚姻大事的年纪，你父亲说的也没错，你现在工作挺好，生活得也很好，他关心的当然就是你结婚了，总不可能现在催你生孩子吧？"

　　最后一句话让我忍不住笑了，他见我笑了，换了轻松点儿的口吻说："在我们父母那个年代，很多人都是相亲结婚的，就像我爸妈，媒人介绍，一起吃了顿饭，就把婚结了，大半辈子也就相依相伴地走过来了。他们懂得婚姻的真谛就是平淡生活里的陪伴，就是搭伙儿过日子。他们受的都是传统思想和文化的影响，觉得结婚是很简单的事儿，也没什么要求。我们这代人物质上丰富了，更多地追求精神上的契合，父母他们没经历，不理解也是正常的。你要懂得去理解他们，就不会这么生气了。"

很长的一番话，将我说得哑口无言，因为我承认，他的话，有一定的道理。

我想，父亲和我一样，在那场激烈的争执过后，肯定也不好过。

第二天，我算好时差，给父亲拨去电话："爸爸，对不起，我不该跟你争执，不该用那种态度跟你说话，我知道你是为我好，我理解你，我也想结婚，但是缘分没到我也没办法。"

父亲听完，叹了一口气，说："园园，我也不对，不该那样说你，爸爸也是说急了说气话。我也不是催你马上结婚，就是提醒你到了该考虑这件事的年纪了，你又一个人在国外，爸爸也是怕你将来孤单。"

听完，我的眼泪唰地就流下来了，那一刻，我想我是真正理解父亲了。

蓦地想起以前亦舒写的一段话："她站在露台上看园子里热闹的张灯结彩，突生伤感，像是知道生命中最好的一段时间已经过去。"

我看着家里一件件亲手挑选布置的装饰，竟然也涌起伤感。

所有恋爱过的人都知道，爱情只有两个结局：结婚或分手。

我和很多单身着的人一样，只经历了爱情中分手的结局，尚未知晓另一个结局到底是什么样子。

我们诚惶诚恐地徘徊在一个写着"结婚"二字的门口，耳畔响起的全都是家人裹挟着关心的催促。

有时候，真害怕在那催促中选择了妥协，一不小心就推开了那扇大门，且不说好坏，只论从此天地都换了模样。

可是，我还是多么希望，在我推开那扇门的时候，我不是被众人推搡着怂恿着，而是做好了心理准备，且身边有那样一个男人，坚定地牵着我的手，跟我一样心甘情愿走进婚姻，无论好坏，都愿意一起面对。

就如钱锺书写杨绛的那段话——我见到她之前，从未想到要结婚；我娶了她几十年，从未后悔娶她；也从未想过要娶别的女人。

根西岛没有霓虹灯

从朋友家聚会出来，已经快夜里十一点。深秋的夜晚，海风清冷凌厉，我紧了紧大衣的领子，站在路边等朋友取车送我回家。朋友家住得非常偏僻，四周都是大片的矮灌木丛和草坪。极目望去，黑漆漆的一片，没有人烟也没有生机。

正感慨此地荒凉之时，抬头望向天空，却看到了难以忘怀的场景。

深蓝色的苍穹，蓝得无比透彻，天地之间充溢着一种纯粹且神秘的气息，笼罩着这个小岛。无数颗星星如钻石般夺目耀眼，还可以看到若隐若现的银河。整片星空就像是巨大的布满碎钻的蓝色天鹅绒。

那一刻，心里不禁涌起一股对大自然的敬畏之情，就像臣服在大自然的面前，安静地任它带着慈悲和柔情抚摸我。

坐在回家的车上，我一动不动地盯着星空看，那么大一颗星星，那么闪亮，提醒着我孩童时期常常挂在嘴边唱诵的儿歌：一闪一闪亮晶晶，满天都是小星星。

我已经忘了，有多少年没有见过这样的星空。脑海里记得的，是城市夜晚恍若白日的耀眼灯光，是一个又一个给都市增加热闹感觉的霓虹灯，以及被霓虹灯点亮的数不清的广告牌。

城市中的夜色总是那般光怪陆离，一不小心就容易迷失其中。

"要是去Sark岛的话，你一定要在那里住一晚，晚上星空更加漂亮，你能完全看到银河。"朋友看我一直盯着窗外，于是对我说道。

还没去过Sark岛的我，无法想象那是怎样的场景，但想必非常壮观。在城市里生活久了的人，对大自然的美景，都渐渐缺乏想象力。

"你发现了吗，根西岛大部分的路都没有路灯。"朋友提醒我。这时，我才意识到，狭窄的道路两旁，除了草木和零星的房屋，没有看到一根电线杆，没有一盏路灯，更别说霓虹灯了。

这样的夜色，似一个温柔的诗人。

或许，正是因为根西岛没有霓虹灯，所以才还原了夜晚本来的颜色，还原了星星原本的光彩。这样的星空让我不由想起聂鲁达那首诗——我喜欢你，是寂静的。

02. 寂静

寂静，用于形容根西岛的夜晚再合适不过。很多次，吃完晚饭出门散步，路上几乎看不到什么人，除了偶尔经过的几辆车发出的声音，几乎听不到任何人声。

"人都去哪里了？"这是我认识的几个中国朋友，刚到根西岛时有的疑问。

后来我们发现，根西岛的人要么在健身房里挥汗如雨，要么在酒吧推杯换盏，要么在餐厅社交吃饭，要么在家里阅读画画，要么在陪伴家人玩游戏看电视。

总之，有些无聊。这是大家一致的看法。

可是，慢慢的，我竟然越来越习惯于根西岛夜晚的寂静。

因为寂静，我听得到鸟儿清脆欢快的叫声，我可以在散步时尽情地拍大海、花朵、云彩、天空和大树的样子，我可以无所事事地坐在海边就为了欣赏一场日落，我能够宅在家里，不用浪费时间在任何无效社交上，我可以画画、看书、写作、练瑜伽。

在这样绵长又缓慢的寂静里，我感觉到一些东西在慢慢变化。

朋友分享给我关于内向和外向的心理学文章，读后我惊讶地发现自己完全是归在内向那一类。

这么多年，我对自己的认识和定位一直是外向、开朗、活泼。怎么现在成为了内向的人呢，怎么新认识的人都开始用"文静"来形容我了呢?

跟好友愁儿诉说我这一困惑，她指出我并不是内向，而是向内。这样的一个环境，给了我很多时间和空间去向内观望内心的情绪、感受、想法，去观望生命和这个世界。

诺贝尔文学奖获得者莫言曾写过："人类社会闹闹哄哄，乱七八糟，灯红酒绿，声色犬马，看上去无比的复杂，但认真一想，也不过是贫困者追求富贵，富贵者追求享乐和刺激——基本上就是这么一点事儿。"

怪就怪在，这样的追求却并没有给人们带来真正的幸福与和谐。

一边呼吸着空气净化器净化过的空气，一边追求着存款、车子和房子；

一边破坏着自然环境，一边大声呼喊发展经济；

一边举办珠光宝气的慈善宴会，一边无视举办宴会的花费就是多少贫困家庭十几年的收入……

这个世界，有时候真的让人越来越看不懂。

为什么仍然有那么多人把存款、车房、财富看作比干净的空气、水、食物和自然更重要的东西呢？

为什么仍然有那么多人宁愿活在自欺欺人中，也不愿面对现实？

03. 清简

英国是一个生活费用非常昂贵的国家，根西岛作为一个资源有限的小岛，更是贵中之贵。

有一段时间，我集中塑身减脂，每天进食较少，进行大量运动和阅读，极少去逛街，不买任何自己不需要的东西。

过了一两个月，我发现生活费用支出减少许多，同时，减少的还有内心的欲望。

甘地说过："地球可以满足人类所有的需求，但是无法满足人类的欲望。"人的很多欲望，并不是与生俱来的，而是社会刺激出来的。

古代圣贤没有现代人这么多的需求，一样过日子，谈笑有鸿

儒，往来无白丁，焚香、抚琴、赏月、对酌。没有被社会刺激出
那么多欲望，却过着更风雅诗意的生活。

其实，人需要的物质非常少。追求物质从来无法带来持久的
愉悦，但是精神上的追求可以。

人需要面对生活，但不能被衣食住行、金钱往来这样的物质
存在垄断思维方式，不能以此作为最重要的价值衡量标准。

如果抛开所有的虚荣心和攀比心，减轻欲望，洁净内心，去
看看大海的颜色，闻闻花的芬芳，感受自然的力量，人会更懂得
敬畏和感恩。

佛学的《无量寿经》中讲："人在世间，爱欲之中，独生独
死，独去独来。"所有那些刻意追求的浮华外衣、觥筹交错、金
银珠宝，都会成为虚幻与渺小的过眼云烟。只有真正抛弃那些虚
妄，才能体会到内心真正的安宁与平静，才能体会到自然的博大
与宽容，生活的美好与幸福。

04. 慢生活

夏天的一天傍晚，我去了Cobo Bay看日落。谁知日落前，下
了一场大雨，我躲在海边的咖啡屋，静静地看着窗外似要将一切
笼罩的瓢泼大雨。

二十多分钟后，雨停，蓝天如奇迹般重现，还有大朵大朵飘荡在空中的白云，阳光变得柔和。

我站在防海堤上，看着太阳一点点西下，看着晚霞的色彩有层次地变化，我忍不住落下了眼泪，不是难过，而是感动。

再专业的相机也无法代替人的眼睛看到这样的壮阔，再伟大的画家画下的日落也没有亲眼目睹这个过程更陶冶心灵。

我很喜欢在晴天时去海边的森林里徒步，因为小岛的地理缘故，岛上有很多悬崖边的徒步线路。平日里，人并不是很多。行进的过程，就像自己陪着自己的一段短途旅行。偶尔会碰到人，大家都会非常友善地打招呼，就像是一种无声的约定。

有时候什么也不想，只是行走，看海，看树，看花，看天。有时候，脑海中会有很多激烈的想法互相碰撞，不过最后都会平息。

这个没有霓虹灯的小岛，以它的孤绝和静谧，以它的森林、山峦、大海和悬崖隐秘地驯服了我，也一点点影响着我，让我更愿意慢慢生活，不慌不忙，不急不躁。

Part 2

生 活

我 敢 活 成 自 己 想 要 的 样 子

—— // 人 \\ ——

I dare to live the way I want to

————

如果说有着心事和烦恼的内心是一面落了灰的梳妆台，

那么每次做家务就像一次认真的擦拭。

对于内心偶尔风起云涌的人来说，

将最后一个角落擦拭干净时，

在风起云涌中沉浮便也可以变成置身事外静看云卷云舒了。

————

诚意的习惯换安宁的快乐

二十岁左右，心情不好的时候，最常做的事就是抱着电脑挑一些煽情催泪的电影看，跟着剧情一同难过一同感动，哭得稀里哗啦才善罢甘休。

如今步步走向三十，心情不好时，最爱做的一件事却是做家务。

打开音乐，拿起扫帚，将厨房、客厅、走道、卧室和卫生间，每个角落都打扫得干干净净，再拿起拖把，仔仔细细拖三遍。

由于家里的拖把是那种需要用手拧干的，记得有次在卫生间水池里洗着拖把，我抬头看了一下镜子，突然就笑了，那个几年前五指不沾阳春水的自己，大概从来没想到有天会愿意用手拧拖把吧。

如果说有着心事和烦恼的内心是落了灰的梳妆台，那么每次做家务就像一次认真的擦拭。

对于内心偶尔风起云涌的人来说，将最后一个角落擦拭干净时，在风起云涌中沉浮便也可以变成置身事外静看云卷云舒了。

也不知道从什么时候开始，做家务成了我生活中的一个习惯，成为了生活的一部分。

平时，隔两三天，我就会抽空给家里来次大扫除。

有朋友说过：发光的地板使人快乐。

的确如此，每次当我把家里地板拖干净，东西归置整齐时，看着敞亮舒适的房间，心里那一刻只有四个字可以形容，那就是宁静、快乐。

"做家务"三个字，在我很小的时候，是极其痛恨的字眼，因为那时我的脑海里，这三个字是和"黄脸婆"直接挂钩的。

十多岁刚开始对世界和自己有一些认知时，我心里曾暗暗发誓一定不要成为母亲那样的女人，整天围着锅碗瓢盆、柴米油盐转。

那时候的自己，心里想的都是外面的世界。

齐秦的歌里唱："外面的世界很精彩，外面的世界很无奈。"

离开父母独自在外面的世界生活近十年后，才发现，其实外面的世界没有那么多的精彩，同样，也没有那么多的无奈。

这一切都取决于你用怎样的心态对待生活。

心态是个老生常谈的话题，却在年纪渐长的岁月中，愈发觉得它是个很神奇也很重要的东西。

在做家务这件事上，多少女人带着愤愤不甘的心情做着家务，埋怨着家里的男人是甩手掌柜。

可是，同样有女人，带着心甘情愿甚至享受的心情扫地拖地擦窗户，买菜做饭洗衣服，中餐与西餐，烘焙和日料，样样做得有模有样。

为什么会有这样的区别？无非就是心态。

前者觉得是牺牲，对他人或者家庭的牺牲；后者觉得是诚意，对自己和生活的诚意。

我非常喜欢的英国作家毛姆在《刀锋》里写过："自我牺牲是压倒一切的情感……它使人对自己人格做出最高评价……对象是什么人，毫无关系，值得也可以，不值得也可以……当他自我牺牲自己时，人一瞬间觉得比上帝更伟大了。"

而人性都是这样的，若觉得是自我牺牲，总希望得到回报，否则总归意难平。当预期中的回报落空时，埋怨就产生了。

而懂得了用诚意对待生活的女人，多半是懂得了生活是自己的，质量总要自己负责，无论单身还是已婚。

记得在德国旅游时，曾去Ulzen和朋友见面，在她家住了一晚。

朋友的房间收拾得很干净，被子铺得很平，被面罩上了一块红色的大围巾，桌上摆放着相框，相框里的照片是她旅行时在樱花树下的如花笑靥，地毯是她从二手店淘来的，铺在床边的地上，这样可以坐在地上靠着床看书，书架上整齐摆放着一摞德文和英文书，一个小花瓶里插着几朵鲜花。

虽然是一间小小的屋子，但给人一种很舒适的感觉。

晚饭，她给我做了一锅鱼，还有两样蔬菜，鲜榨的橙汁，营养且美味。

异国的夜里，我和她对坐，聊天吃饭，她跟我说了很多她在德国的工作和生活，所有的一切，都能看出她对待生活的诚意。

诚意，是一种态度，其实不需刻意标榜，有与没有，一眼就能看出来。

对人、对己、对时间和生活，如果没有诚意，那也就是拖得一日是一日，天天难过天天过。

而女人，何苦这样为难自己？

在来英国的第二个月，我去给自己买了玫瑰花。

鲜红的玫瑰花，被我插在精心挑选来的三个花瓶中，花插好，剪下来的树枝、树叶扔进垃圾袋中，再清理干净桌面。

没有人说话，也没有人陪伴，除了我，也没有人来欣赏这美丽的花朵。

没法让人知道，坐在静默中看着娇艳的玫瑰花，于我而言，是怎样一种享受。

那天晚上，我在日记本上写了一行字：我终于成为了会给自己买玫瑰花的女人。

那束玫瑰花就像一个仪式一样，一下子让我明白了：生活是自己的，所有的一切为自己而做，用最大的诚意去对待生活，用甘之如饴的心态去面对生活里的烦琐之事，生活会回馈给你安宁的快乐。

有次和母亲聊天，她缓缓跟我说："其实，厨房里有很多乐趣，做家务有时候是一种放松自己的方式，一个家里，也总需要有一个人操持家务的。所以，家务活谁做多做少都没有关系。"

在那一刻，我终于懂得了母亲，懂得了她为何在漫长的时光里，都心甘情愿做着家里的一切琐事。

是因为在那些沉默做着的家务活中，她有着她的快乐，于她而言，为孩子为丈夫付出，是一种爱的体现，而机械的家务活儿，也是她释放内心压力烦恼的一个渠道。

前几年，母亲认识了一帮跟她年纪相仿喜欢跳民族舞的朋友。

于是，一辈子没有跳过舞的母亲，还煞有介事地买了舞蹈衣裙和太极扇。

每晚只要不下雨，吃过晚饭就会跟父亲出门散步，然后快到点了，就跟着她的那帮朋友一起跳舞。

我笑着问她：怎么赶时髦跳广场舞了，什么时候开始喜欢凑热闹了？

母亲很认真地跟我解释说跳的不是广场舞，是民族舞，很有意思。后来，我陪着母亲去过好几次，她的那帮舞友夸赞她，说她越跳越好了。

母亲站在父亲身旁，两个人都笑得很开心。

父亲有次告诉我，他这辈子最大的成功就是娶了我的母亲。

我想这与这么多年来，母亲一直用她最大的诚意对待家庭和她自己，一直在用心经营着她的生活是分不开的。

几乎每个人刚开始进学校念书的时候，都会听到老师说一句话："你们是为自己读书，不是为家长，也不是为老师读书。"

在家里，父亲也常常教育我说："读书是为了你自己，读得好不好都是你自己的事。"

或许，就是这样的观念，培养了我最初的独立和诚意。

人一旦觉得一件事是为自己而做，那么付出多少时间、心血和金钱，都是心甘情愿的。

读书如此，感情也如此。

世间或许真有一见钟情，但"死生契阔与子成说、执子之手与子偕老"的深远理解和陪伴却总需要悠悠岁月中的真挚诚意。

父亲在我18岁成年后总教导我说女人要温柔，要贤惠，要会做饭。

那会儿总问他凭什么呢？凭什么女人就得温柔贤惠会做饭？

现在自己的生活，倒是给了一个答案：凭生活是我自己的。

因为生活是自己的，诚意是要自己给出的。

J先生来英国看我时，我依然会不时给自己买玫瑰花。

有日我下课回家，看到桌上摆着一束很大很漂亮的粉玫瑰。

看着我有些惊喜的表情，他对我说："这是送给你的，你一直自己给自己买玫瑰花，现在有我了，我给你买，希望你会喜欢我送你的玫瑰花。"

我拥抱他说谢谢，告诉他我很喜欢。

然后，他就在一旁看我插花，陪我聊天，帮我清理剪下来的枝叶。

那一刻，我内心满是宁静的喜悦。

J先生在我这儿时，一日三餐基本都是我做。

法式吐司、奶酪火腿蛋、油焖大虾、番茄芝士焗意面、豆豉蒸排骨、上汤娃娃菜、蒜香鸡翅，等等，每天都要花比平时多一倍的时间在厨房里，嫌麻烦吗？从未有过。

有天早晨我们要起早出门，闹钟一响，我就起床了，进了厨房。

先烧一壶开水，然后打开冰箱，拿出牛奶、鸡蛋、火腿和奶酪，准备做吐司煎蛋。

牛奶倒在杯子里，放微波炉里加热，锅里倒入橄榄油，放上吐司，再依次打入鸡蛋，放上火腿、奶酪和生菜，水开了，泡上一壶英国红茶……

一切都在有条不紊地进行着，突然J先生不知何时起床了，从我身后抱住我，用还有点迷糊的声音对我说："宝贝儿，早上好。"

很久以后，J先生告诉我，那天早晨他看到我在厨房做早餐的样子，虽然我没洗漱没梳头穿着家居服，但是那一刻他觉得我特别温柔和美丽，让他无比动心。

我告诉他我所做的一切是我最平常的生活。

在他出现在我生活里之前，我就是以那样的诚意来对待我的生活。

现在，我也愿意以同样的诚意来对待他。

当我很累或者不想做饭的时候，我也会提议说想吃J先生做的饭，或者去餐馆约会，而并不会抱怨为什么总是我做饭。

我会做饭，我爱做饭，我愿不愿意做饭，那并不是一回事。

在我单身时，做饭已经成为了我生活的一部分，成为了我另一个习惯和乐趣。

在我恋爱后，我并不需要用做饭刻意去拴住男人的胃，再拴住男人的心。

我只想在用诚意对待对方的同时，也不要委屈了自己。

有太多人告诉我们该如何讨好男人，留住男人的心。

但其实，最需要讨好的，是自己。

一个人，既来之则安之，总得想办法让自己生活愉悦舒适，无论薪水多少，职位高低，懂得生活是首要，诚意相待，顺其自然，且莫辜负自己和那些再也不能倒流的时光。

不管社会再发展，科技再进步，女权运动再蓬勃，现代女性的归宿，仍然是她自己。

穿着得体的职业装、顶着无可挑剔的妆面，在职场运筹帷幄做一朵铿锵玫瑰也好，换下职业装，卸去精致的妆容，围上围裙，为自己或者家人煲一锅玉米排骨汤，抑或做几样可口家常菜也好，这一切，都是为着自己的生活。

明白了这一点，就更会懂得用双手向生活奉上诚意的杯盏，在烟火人间坦荡行走。

到最后红颜褪色之际，也就会懂得多年来的诚意将带给自己怎样一种安宁的快乐。

如果你问我，怎么做才是爱自己？
我想，那就从学会用最大诚意对待自己的生活开始吧。

岛上独居这几年

　　以前还在北京，过着住集体宿舍的日子时，看过高木直子的一本书，叫作《一个人住第五年》。

　　几年过去，我早已忘记了那本书的具体内容，可是现实的独居生活，却像是印证了那本书扉页上的一句话——一个人的生活虽然轻松也寂寞，却又难割舍。

　　从十八岁离家上大学，到离开象牙塔，我过了六年的群居生活。

　　情况最糟糕时，是被分配到十个人一间的宿舍，直筒筒的一间房，中间是桌子，两边是上下双人床，浴室和卫生间全都是公用，现在想起来，唏嘘不已。

后来情况好了些，剩下的三年半大学生活，我住在四个人一间的学校公寓。

再到后来，去了北外读研，进了梦想中的学府，住进了五个人一间的公寓。

我自诩是适应性比较强的人，但是长达六年的独居生活，却并没有让我真正适应和喜欢，兴许是无拘无束的个性使然，我内心对于独居的渴望从未平息过。

然而，想想这几年的独居生活，竟然都是在异国。

第一年独居生活，是在匈牙利的Debrecen，那一年除了工作以外，有近一半的时间都在旅游，那个小公寓，更像是一种意义上的存在，告诉在路上的我，旅游累了回去有地方可以落脚。

而这两年在根西岛，由于地理位置交通不便，我大部分的时间都是在岛上，体会着"生活在此处"的独居生活。

最开始，总是特别兴奋的。在这个寸土寸金的皇家岛屿，不用与人合租，可以一个人住八十平方米的公寓，真正是一种享受。

一个人，可以在兴起时播放奔放的音乐，自己在家随意地跳舞，直到跳累了，就瘫在沙发上，听着"咚、咚、咚"有节奏的心跳，不用担心打扰到谁；

可以坐在马桶上抱着电脑，想看多久看多久，到最后脚麻了，还可以自言自语地喊着"哎哟，哎哟，麻了麻了"，也不会有人在卫生间门口催你快点出来；

可以在厨房边看菜谱边慢悠悠地捣鼓，三鲜饺子肉夹馍，香辣鸡翅厚蛋烧，想吃什么就自己搜罗食材做什么，不用担心食品安全卫生问题，也不用担心占了别人用厨房的时间；

可以在偶尔无聊时，拿着手机，边看歌词边录歌，英文的中文的日文的，高亢的文艺的抒情的，想怎么哼唱就怎么哼唱，不用介意被别人听到自己的五音不全。

独居的日子，就像释放了天性中被压抑的一部分，怎么自由怎么过，不会有人戴着有色眼镜评判你议论你，也不需要顾忌身边有谁，不需要照顾别人的感受。自由自在无拘无束，只要照顾好自己的感受就已足够。

独居的日子，我特别喜欢逛超市。只要看着超市明亮的灯光，货架上整整齐齐的商品，就会有一种很微妙的踏实感。

去超市的次数多了，渐渐跟超市的工作人员都熟了，那个胖胖的英国大叔很开朗，每次在超市见到，都会热情地跟我打招呼，问候你今天怎么样，无论何时见到他，他总是憨厚地笑着；那个红发的中年妇女是东欧人，永远板着一张扑克脸，跟顾客从来没有多余的话，一句谢谢都不愿说；那个高瘦高瘦的年轻男人，看不出是哪国人，经常很热心帮助顾客解决问题，却十分内敛和沉默……

中国有句老话，叫"一个人吃饱，全家不饿"。独居的日子，就真真如此。不用做预算，可以想买什么就买什么，反正岛上可以逛的商店也并不多，偶尔买到一两件心仪的衣服，回家后，都能穿着对镜子臭美很久。

单身时有一段时间，零食吃得太多，又缺乏运动，跟国内闺蜜视频时，被她毫不留情地调侃：看见你胖了，我就放心了。

于是，下定决心减肥，戒掉所有零食，少吃肉，多吃素，每天晚上健身至少一小时。

那些日子，似乎潜意识里就在对自己说"我没胃口，我没胃口"，没有做任何挣扎，就轻而易举地不再吃任何巧克力、蛋糕、薯片和糖果。

一个人吃饭，也开始用越来越简单的方式，水煮青菜，加点盐、耗油和胡椒粉，就是一顿饭。煮米饭时，放些土豆胡萝卜和鸡肉，撒点盐，加点生抽，也是一顿。虽然简单，但很健康，吃到胃里，总会有一种特别安心的感觉。

每个晚上，看完书，就铺开瑜伽垫，一个人对着镜子练习，有时候盯着落地灯照出来的影子，会不自觉晃神。

没想到，这样一天天过下来，竟然还真瘦了许多，肚子上的游泳圈不见了，双下巴也赶走了一层，需要憋着一口气才能穿进

I dare to live the way I want to

我敢活成自己想要的样子

去的小黑裙，也能轻轻松松就拉上了。

我开心得很想告诉全世界，我瘦了！可是，由于时差，我发现自己想说话的人早已睡着了。

一个人住，总归少不了布置房间的喜悦。

春节之前，大使馆寄了一箱东西给我，全是灯笼、春联、中国结这类。

想着即使一个人在异国的春节，也要有点春节的氛围吧，于是，自己一个人忙忙叨叨，搬出椅子，站在椅子上挂好春联，上联是：新春好运人财旺。下联是：佳岁平安福满堂。横批是：出入平安。

心满意足地看着挂好的春联，又组装灯笼，一个个将其挂在屋顶。一个硕大的中国结，则被我挂在进门的那面墙上。

这些小物品，像是有种魔力一般，短短一个小时内，就让我独居的家有了一些喜庆的色彩。

可是，那份喜庆，当我想与人分享时，却发现朋友圈里早已是各种团圆饭、春节焰火、人像合照。

独居的日子，真的也不是没有孤单寂寞的时候。

出门前不小心踩翻的一双鞋，回家的时候，看到鞋子依然翻在地上；

心情低落时，什么都不想说，只想有一个拥抱，可是先生在千里之外的另一个国家；

夜晚客厅有个灯泡突然坏了，室内灯光毫无预兆暗下来的那一刻，心跳还是忍不住快了一拍；

半夜被敲门声吵醒，不敢迈出卧室门去看一眼，也不敢发出任何声音，听到门外的对话，猜测是喝醉酒的女人，紧张得手心冒汗。

有一次和岛上为数不多的几个中国朋友聚会，大家说到独居生活的一些状况，都以自嘲或开玩笑的方式轻松带过。

似乎那些曾经让我们寂寞难耐、流泪担心的事情，都成为了今日可以一笑而过的事情。

我们都在异国一个人独居，我们都生活得井井有条，我们也都一天一天为自己的选择努力，我们每天都要面对孤独，我们也都习惯对自己说，要勇敢。

独居的日子里，真的太需要对自己的精神喊话、鼓舞士气。

然而，在某一天疾病上身时，那些勇敢就像失去兵器的士兵，三下两下就在病痛前纷纷倒戈。

是的，独居最让人害怕的并不是孤单和寂寞，而是生病。

让我印象最深刻的生病是有一次背部肌肉急性拉伤。我抬不了手，穿衣服都需要平时三四倍的时间，走路都得摸着墙壁缓缓地走。那个星期，我无法工作，只能请假待在家里。

不幸的是，似乎天气都想考验我，每日没完没了地下雨刮风，拉开窗帘，看到的总是一成不变的阴雨天，让人更觉压抑。

在家躺到第五天时，压抑的情绪和身体的病痛积累到了一个顶点，但是不敢跟家人说，害怕他们担心，而且他们的担心也给予不了任何帮助，唯有自己默默忍受，撑着扛过去。

可是一方面，那些负面情绪和胡思乱想就像打不死的小怪兽，我消极地想着，如果自己在这里死掉了，也许都没人立刻知道。想着想着，最后，我抱着被子痛哭流涕，一直哭到睡着。

在苏格兰的朋友也曾有一次类似的经历。突然的感冒发烧，让平日坚强豁达的她，变得极其伤感，在电话里带着浓重的鼻音，一边擤鼻涕，一边哭，一边说。

那一刻，真的让人无比心疼。可是，没有办法，这是每个独居的人都会遇到的事，逃不掉躲不过。

还好，只要不是绝症，疾病总有过去的一天，就像换季时的花粉过敏，过去了也就痊愈了。

闺蜜曾跟我说过，好好享受独居的这几年，结婚了再想独居就不太可能了。

当然，也有女生从未独居过，在家时和父母住，读大学了和同学住，大学毕业就结婚和丈夫一起住。这当然也是一种生活方式，无可厚非，但是我总觉得那样有一种未曾经历的遗憾。

人生中，有这么几年一个人独居的生活，其实是很宝贵的磨炼和经历。

只有尝试过独居，才会真正培养出自己自强和独立的精神，以及冷静处理问题的能力，不会有很强的依赖感，这样在感情或婚姻中，才不会轻易去依附一个人。

也只有真正一个人生活过，才会更懂得自处和孤独，明白生活到底是怎么一回事。独居的日子，有时候是挺不容易的，可是用心生活，也是美好的。

独处和相处，
自爱和相爱

早上起床，看到手机显示"来根西岛已经500天"。

时间一天累加一天，我竟然在不知不觉间，在这个来之前从未听说过的小岛上生活500天了。

从北京到根西岛，当最初的新鲜感和好奇感过去，我才真正意识到，这个环境的转变有多大。在北京的时候，大部分的时间，我都在跟人相处，同学、朋友、教授、同事，等等。而在根西岛，除了工作，大部分时间我身边空无一人。

身处一个原本有很多人，转换到只剩自己一个人的环境，心埋上的感觉和原本就只有自己一个人，是很不一样的。

所以，很多时候，我内心无法安静，总是在寻找陪伴，用微博、微信等社交工具和国内的朋友联系，企图填补身边没有人的空白。

直到后来去参加了一次聚会，我才发现这是多么不明智的做法。

根西岛的年轻人很少，因为岛上没有大学，工作机会也不多，但是安全的环境和优美的风景，让它成为了很多富裕家庭抚养孩子的选择。

这样的情况，注定了让一个独居的年轻中国女人，在岛上交朋友很不容易。

于是，在同事的推荐下，我加入了一个名为"Young business group"的俱乐部，试图能够结交一些朋友。

第一次俱乐部的聚会，是在一个下着冷雨的夜晚。我精心收拾打扮出门，却一路上被风雨弄得有些狼狈。到达坐车的集会点，一辆中巴车停在港口，一上车便看到了很多与自己年纪相仿的年轻人，各种肤色，各种口音。

坐在我身边的是一个爱尔兰女人，在根西岛的一家财务公司工作，她跟我说根西岛风景很美，但是太无聊了，希望能够认识更多的朋友，所以加入了这个俱乐部。

我心想，这车上的所有年轻人大概都是抱着这样的想法而来的吧。

聚会的地方，是在一家四星级酒店。在一系列冗长的俱乐部介绍和PPT展示后，组织者说大家可以自行活动。

所谓的自行活动，就是每个人端着一杯酒，从这桌走到那桌，叽里呱啦地聊一会儿，交换名片，然后再走到另一桌，差不多同样的话题再来一遍。

不到一刻钟下来，我便开始感到无趣。脚上的高跟鞋也开始让我觉得不适。

端着鸡尾酒走到大厅的阳台，坐在沙发上，看着淅淅沥沥的夜雨，突然一股冷风把我吹醒。

"我在这儿做什么呢？"我苦笑了一下。何苦又何必浪费一个夜晚，跟一群不相干的人，在这儿聊一些互不关注的话题，本来就不是party动物，为何要去勉强自己呢？

回到大厅，侍者开始供应各种小点心。我选择站在一个角落里，慢慢喝着杯中的鸡尾酒，吃着侍者端过来的点心，我发现我对点心的兴趣远远超过了跟眼前这群人交谈的兴趣。

看着室内昏暗的各色灯光，那些端着酒走来走去的人，我似乎看到欲望在每个人的头顶飘浮着，夹杂着各种口音的英文不时传入耳朵。走过来和我聊天的外国人，都被我寥寥几句话打发了。我内心开始感到寂寥和难受，因为是我选择了把自己陷入这样的情境中。

那一刻，我深深地懂了：在人群中所感到的孤寂，要比一个人独处的状态，难受数倍。一个人在家看书不算寂寞，苍白地坐在话不投机的人群中，才真正空虚。

后来终于熬到聚会结束，回到家，脱了高跟鞋和小礼服，躺在沙发上，第一次觉得在家如此自由自在。

这世界60多亿人，虽然文化、语言不同，但人性都是共通的，不管在哪儿，都有很大一部分人害怕孤单，怕自己不合群被剩下，于是，为了远离那些害怕，强迫自己与其他人相处，以为那样便可以带来安全感。可是，事实并不遂人愿。

很久以后，我有些感激那次聚会，如果不是那次聚会，我大概不会发现独处的美好。俱乐部陆续发过很多活动的邮件给我，但都被我以各种理由婉拒了。

因为我越来越爱独处，不再需要从外界获得形式上的陪伴。

有一次，一个刚认识不久的人约我吃晚餐，我犹豫了一下，还是找了个理由推辞了。因为不想浪费时间在无效社交上，那个晚上，我待在家，一边听音乐，一边完成了一幅画。

那幅画带给我的喜悦，绝对不是跟一个不熟的人去吃晚餐能够换来的。

其实，自己和自己之间，是有很多事情可以做的。专注于兴趣爱好，专注于创作，甚至可以专注于无所事事地听音乐、放空和发呆。精神上的自给自足，会让内心更加充实和独立。

我也终于开始理解，为什么以前在北京，每次自己一个人去泡图书馆、咖啡馆或逛街，都会觉得很开心。那是因为，独处，意味着一种自由，不需要迁就，也不需要从众，你可以放心地做回自我。

在根西岛，可以独处的时间非常多，离开网络与社群，在没有工作的日子，大部分时间我都可以独处。

带上电脑去Costa，点上一杯cappuccino，要一块蛋糕，坐在角落，写作或上网便可以打发一个下午的时间。

拿着钥匙、书本和读书笔记本去图书馆，便可以好几个小时一动不动地看书、写字。

穿上户外的衣服、运动鞋，一个人去森林里徒步，边走边拍，拍大海、花朵和悬崖，一口气走上两三个小时也是常有的事。

或待在家里，花很长时间做一份想吃的肉夹馍，包几十个饺子，做一份甜品。

从不同形式的独处中，我甚至可以区别出它们带给我的不同感觉。

在咖啡馆闻着咖啡和面包香，会给人一种现世安好的感觉；待在图书馆，看着一排排的书，内心会不自觉生出谦卑之感；在户外，更多是思考人和自然的关系，会获得平静的力量；而在家，化妆或者素颜，懒散或者勤奋，都让我觉得自在。

所以，在一个被赋予独处的空间和时间里，我们选择做什么，获得什么样的感受，或许也就反映出我们对待自己的态度。

独处时，人与外部世界的联结变得很微弱，能够不被多且乱的信息所打扰牵制。

或许，也只有独处时，人才能够更深刻地意识到自己，意识到自身真实的存在，并且能够享受随之而来的安宁。

现代社会，由于网络和社群的高度发展，以及各种信息以爆炸式的速度呈现，人心很容易因此变得浮躁，攀比心和虚荣心，也都在其中快速膨胀着。不信的话，只要去看看朋友圈就能够明白。

吃了什么，去了哪儿玩，买了什么东西，和谁见了面，心情如何，生活中的各种琐事，都被放在了网络上展示。点赞和留言，甚至逐渐变成了许多人衡量人际关系的一个标准，多么莫名其妙。

可是，当自己一个人静下来，许多存在的问题就浮现出来，搅得许多人的内心如电脑上的乱码一般。所以，帕斯卡尔的那句话简直如同真理：人类不快乐的唯一原因，是他不知道如何安静地呆在自己的房间里。

解决的办法，唯有大量独处。静下心来思考，才能够培养出自己解决问题的能力，而不是一遇到问题，就如祥林嫂一样，久了招人生厌，自己也不快乐。

一个人会享受独处，是任何亲密关系中一起相处的前提。如果我们能容易做到不见无谓的人，不说无聊的话，不以高频率地使用社交网络去谋求自身的存在感，那么，在亲密关系中，这样的人多半可以爱得比较轻松自如。

老姐好几次发过一个人吃饭的照片给我，每次她都很开心地告诉我，终于可以有自己一个人独处的时间，可以去吃自己想吃的日料、甜品和西餐，不用迁就孩子、丈夫或同事、朋友的口味。

我问她，独处的时候，喜欢做什么。

答曰：睡觉，一个人吃饭，看书，绣十字绣，看电影，只要是独处，便可以完全放松，做自己喜欢的事情。

好友Rachel也是一个很喜欢独处的已婚女人，好几次联系她，她要么一个人刚跳完爵士舞，要么一个人去做针灸，要么一个人逛街。她告诉我，她非常享受这样独处的时间。

那时候，我还没有结婚，对婚姻依然存在很多想象的空间。

所以，并没有完全理解为什么已婚的女人，还会如此需要和喜欢独处的时间，即使她们的婚姻都很和谐幸福。

后来，遇到了J先生。我们有很多地方非常相似，都比较独立，不喜聚会，也不爱用社交网络，在遇到彼此之前，我们都花了大量的时间独处，而且他比我更甚。他一个人在国外待了六年，所有的兴趣爱好，都是可以独自完成的。

两个喜欢独处的人相处，会是什么样子？

由于身在异国，最初我们联系非常频繁，但是久而久之，我们都发现这样留给自己的时间就少了很多很多。

于是，在我想自己一个人待着看书、写作或者画画的时候，会把手机调成静音。那样的独处，就像充电，充满了我再与他联系。

或者，心情有些低落的时候，我更倾向于自己一个人待着，不想跟人说话。

而他，常常一个人在实验室和办公室，经常是忙了四五个小时后，才想起来跟我联系。或者，想看球或者骑车时，也都不会跟我联系。

于是问题出现了，在这些情况下，再加上时差，我们都觉得被彼此忽视了。因为这些事，我们也有过争执。

在好几次争执和开诚布公的交流下，我们开始明白对方对独处的需求，也愿意予以尊重和理解。

老姐说她以前对独处没有太多感觉，但是婚后，尤其三十岁以后，开始觉得独处是一种需求，给自己时间和机会审视自己的内心，看看自己这段时间为什么会焦虑，为什么会快乐。如果长时间没有独处，她会很焦虑、烦躁，因为不希望把自己不好的情绪发泄在家人、朋友和同事身上。

婚姻中，不仅需要相处，也同样需要独处。当人长时间被一群人包围，或长时间跟一个人相处，会觉得没有自我。

好的相处，就像刘若英婚后描述的那样——夫妻相处，在一起的时候像黏土，可以形塑成两个人以外的第三种样貌，分开的时候像磁铁，彼此吸引却又各自独立。

现在，我和J先生的相处模式，大抵就是如此。

生活在一起的日子，我们会一起吃完早餐，一起出门，他送我去星巴克或者图书馆，然后他去忙他的工作，我一个人待着看书写作。

午饭，我会做好带给他，两个人边吃边聊，然后接着去做自己的事情。

晚上，有时候一起去看电影、散步或逛商场，有时候两个人待在家，各自做各自的事情，隔一会儿，我给他倒杯水放在桌上，他洗些水果送到我手中。

我们不再像以前那样频繁打电话视频，而是在开始忙自己的事情之前，告诉对方一声，忙完打个电话或者发微信聊一会儿，睡觉前再打一会儿视频电话。

　　于我们而言，这是最舒服也最自在的相处模式。

　　独处和相处，恋爱或婚姻，任何时候，自己和对方都是一个独立的个体，应持有尊重、理解和信任。懂得独处，才能更好地相处，反过来，两个人允许彼此拥有自己的空间和时间独处，才能有更多能量去爱，去分享。

生活终究冷暖自知

好久没联系的朋友发来消息，问及近况，提了一句说很长时间没见我发朋友圈了。我才意识到，的确有很久没发过了。翻开微信相册，看之前自己发过的，一看吓了一跳，以前怎么会有那么多想向别人展示和倾吐的？

或许是为了向某些人证明，证明自己有能力过得越来越好？或许是虚荣心作祟，期望赢得别人的赞赏？或许是空虚无聊，希望得到关注？或许是不够自信，需要那些点赞和留言让自己感觉良好？或许只是遇到了开心事想要与人分享，希望别人也能为自己开心？……

不管是哪种，人年轻的时候，总是会忍不住向外界吐露心声，寻求支持和理解，感觉自己与他人亲密，以此安慰自己并不孤独，希冀从别人那儿获得认同和尊重，觉得他们把自己当朋友，会接纳自己，也想敞开心扉好让自己接纳他人。

　　就像一条小溪，希望能够融入大江大河，获得更饱满的存在。

　　可是随着年纪渐长，经历得越多，会发现以上那些皆为徒劳，真实的生活，喜怒哀乐自己体会，酸甜苦辣自己消化。

　　失恋难过的时候，你发再多悲伤的文字、买醉的照片，别人看完最多安慰你几句，发得多了，就变成了让人唯恐避之不及的负能量，若被前任知道，则更加失去尊严。日后自己痊愈再看，只会恨当时分手姿态怎么如此难看。

　　当你从失恋阴影中走出来，参加活动、与朋友聚会、学新的东西、旅行、健身，等等，每天用拍下来的大量照片刷屏，试图证明自己过得越来越好。

　　只是那并不是真的好。所有还需要用力去证明的，就意味着心中并没有放下。等到真的很好的那天，就知道：我幸福与否，我发财没有，我以后如何，都与他无关。

　　生活遭遇挫败陷入低谷，每天内心各种情绪交战，向他人发出各种求支持求安慰的讯号，可大部分时候都是会失望的，因为这个世界谁活着都不易，自顾不暇之时哪有余温供你取暖？若是知道每个人都有艰难的时刻，就可以不再介意艰难为生活的一部分，并且好好忍耐，沉默努力。

平淡日子寡白无味，实在没有什么好发的，就写些故作深沉或是无病呻吟的文字发出来。看到的人，有些嗤之以鼻但仍给你个赞，有些附和两句再加个呵呵。过些时日翻出再看，尴尬不已赶紧删除。

升职加薪觅得良偶，烛光晚餐获赠爱马仕包包，更是不必炫耀给别人看。卡夫卡那句"人不能笑得太响，否则笑声会吵醒隔壁房间的痛苦"实属金玉良言般的忠告。

开心幸福的时刻，内心感恩就好，不管你在炫耀还是看别人炫耀，其实都不是好事。因为恶意在这个世界不可否认地存在，你笑得越大声，总会有暗处的恶意在等着你哭的那一天，何必给人这个机会？

所以，我越来越不爱发朋友圈，越来越觉得生活是自己的事，过得如何都不想再展示出来给别人看。评论和点赞，也并不代表谁真心谁假意。

世间诸多东西，都如过眼云烟，需看淡，破我执。去除虚妄，踏实生活。这个感悟，来得晚了一点。但还好，它终究来了。

许多感悟和道理，就如路标一样，立在人生路上，你要在生活中去历练，去经历，往前走与它迎头相逢。如此，慢慢成熟。成熟是一件美妙的事情，越成熟，内心才会越纯简，知道生活中自己想要什么，不想要什么。很多烦恼，会因此变得不值一提，不再困扰。

我有一个挚友，在北大读博士，研究中世纪的宗教历史文化，是个长得美，很知性也很有内涵的姑娘。认识她四年以来，几乎从来不见她在任何社交网络上展示私人生活。

你以为她生活沉闷学业乏味？才没有。

跟她见面或者电话联系，才知道她生活几多丰富，也会由衷地佩服她活得丰盛。

新学期开始，她给自己加课，开始学习希伯来语和拉丁语，一年过去，加上她流利的英语、德语，她现在已经精通四门外语；

她一个人利用暑假去青海旅游了半个月，发给我的照片中，她站在大片大片的油菜花田中裙裾飞扬，笑靥如花；

她恋上一个大她许多的离异男子，那人才华横溢，财力雄厚，在商场运筹帷幄，他能给她在家做一顿晚餐，却无法许以她想要的未来，她痛定思痛决定分手；

她去德国访学一个月，以前在德国认识的朋友特地飞到她在的地方去看她，还给她带去了一瓶威士忌做礼物；

她父亲突然得病去世，她请假回老家待了十天，对待亲人离世，她痛苦伤心，有一段时间甚至有厌世的情绪；

她利用周末流连于一个又一个艺术展览，去听各种文化讲座，培养出自己独到的眼光和品位……

所有的这一切，她从未发到任何社交网络上，而是在平日和她联系时才得知。

如果她想在朋友圈展示，那这个展台可以展出的实在太多太多。可是，她从来都是将这些静静收藏。为什么？

因为她觉得生活不是用来展示于外界或他人的东西，也不是由别人的评论来损毁或成就。自己过得好自己知道就可以了，过得不好也没有必要通告天下博取同情，不如多沉下心来做自己的事。

是的，生活得好是自己的事，不用做给别人看，生活得不好，那更应该不吭一声，沉着应付。正因如此，我们并不用在意别人对自己生活的评价。他人的想法，不外乎茶余饭后的谈资。假如你知道别人对你的想法是多么轻率，你就不会介意别人怎么想。

在成长的岁月中，我们总是不自觉地把过多的关注，给了太多虚无的存在，比如虚荣、攀比、羡慕，比如别人的评价，我们甚至帮着这些虚无一起扼杀那个真正的自我。

现实中，我们看别人的生活，总觉得他人多数不劳而获，有幸运女神庇佑，要什么有什么，风调雨顺，毫无挫折，心想事成。

　　可是，真相是否如此，我们不会得知。

　　有些人很喜欢去窥探有钱人的生活，看着别人穿着光鲜亮丽、开好车住豪宅、到处旅游、事业有成，就妒火中烧讥笑嘲讽，四处散播因内心失衡而造出的谣言；还有些人，喜欢去窥探身边人的生活，从房子、车子、工作薪资、小孩上的学校、配偶家庭背景，等等，逐一攀比。

　　其实，对于生活，大可不必如此，他人的生活和你一样，有幸福有烦恼，只不过着落点不同而已。

　　生活如人饮水冷暖自知，老天在这一点上做得十分公允。何况，比赛分胜负，生活怎么分？何为胜？何为负？知足常乐，干吗要和人家比，就算天资家底不如人家，但这并不妨碍你享受生活。

　　加西亚·马尔克斯说：“诚实的生活方式其实是按照自己身体的意愿行事，饿的时候才吃饭，爱的时候不必撒谎。”我想，还应该包括尽量保持真实和自在去生活。不炫耀、不辜负，无须他人旁观，无须他人怜悯，也无须向谁证明，只须忠于自我。

　　只有自己才能对自己的生活负责，所以无须全方位展示自己的生活博取别人的喝彩，不要过分关注别人的生活，不要以为手机中社交网络的App能带来生活真实的质感和温暖。

I dare to live the way I want to

我敢活成自己想要的样子

—— // ∧ \\ ——

这个世界不缺喧嚣和自我标榜，相反缺少沉淀和宁静。我喜欢那些在生活中懂得适时缄默而保持笃定的人。

他们总是自顾自地生活，成长，渐渐变成美好的代名词。社交网络上看不到他们上蹿下跳的身影，他们不刷屏，不需要从别人的点赞评论中获得存在感；

他们专注于自己的生活、不过分赞颂生活的好，也不过分渲染生活的苦；

他们将生活各种滋味都独自品尝，不自怨自艾，也不自恋自大；他们读书、进修、学习、恋爱、结婚、远游、下厨、健身，他们获得知识和见识，扩大眼界和格局，过得自有天地。

渔人误入桃花源，停留数天后离去，桃花源中人云："不足为外人道也。"是啊，过得有多好，已不欲为人知，过得有多坏，也不为外人道。生活终究是冷暖自知的事。

出发和抵达，
幸福在路上

又是长时间的转机等待。

坐在椅子上，看着伦敦gatwick机场的人来人往，突然想起这些年几乎都是自己一个人坐飞机。印象中，和家人朋友一起坐飞机的次数真是屈指可数。

一次是2012年春节，和闺蜜从广州坐飞机去三亚玩。那是我们第一次一起旅行，两个人都格外兴奋。后来我们还约过旅行，可是因为我出国，她结婚生子，我们的旅行计划就再也没有被提起过。

一次是2012年夏天，我和同学一起坐飞机奔赴匈牙利的布达佩斯。十多个小时的飞行，心里全是对即将开始的海外生活满满的憧憬。那时大概没有想到回国时是那般归心似箭。

一次是2013年的复活节假期，在罗马认识的一个长沙女生来匈牙利德布勒森看我，然后我们一起坐飞机到荷兰的艾恩德霍芬，然后在阿姆斯特丹吃了顿火锅大餐。回国后，有一次她到北京，我请她吃饭，彼此好奇着下一站会在哪里见面。再后来，我们东奔西跑，我到了英国，她去了美国，我们再也没有见过。

最后一次是今年4月，和父母还有老公，从根西岛飞往伦敦。小小的飞机，我却有着大大的开心，因为总算实现了和J先生坐遍所有交通工具的小心愿。可惜只有一个小时的航程。玩笑还没开够，咖啡还未喝完，就到了下飞机的时候。

印象如此清晰，大概是因为次数少之又少。就像世间真心一般，因为稀少所以珍贵。

坐过无数次飞机，我却始终无法对这个可以翱翔天际的庞然大物心生亲近。

可能是因为看多了灾难片，每次坐飞机前都会心生忐忑。那种不安的心情，和对远方及团聚的期待，就像角力的双方，在我脑海中厮杀。

脑海中会出现的，还有飞机在空中从中间断开爆炸的场景，又或者是飞机着陆时起火的片段。

可是，吊诡的是我无比享受飞机起飞的时刻。滑翔轮克服地面巨大的摩擦和重重的阻力，向上升空，飞机离开地面那一刻，身体有轻微失重的感觉，却很陶醉。这总是轻易就让我的肾上腺素激增，莫名地就给人一种热血的感觉。

起飞的过程像极人生中的突破。每个人在生活、工作和感情中都会遇到瓶颈。虽说瓶颈也是修行的一种，但是总归辛苦煎熬。可是，一旦突破，便会有种难以言明的自在和喜悦。就像飞机冲上云霄，飞过了对流层，到了平流层，便可以看到如巨大棉花糖的云海。

不安，享受和期待。我就这样带着三种情绪，一次次走上飞机，到达远方，再返程回来。回来时的自己，跟刚出发时总是会有些变化的，也许不明显，但是日积月累就能显现。

或许显现出一种淡定从容的姿态，又或许是一种漂泊的气质。因人而异。

02. 误机

　　我自诩是一个计划性很强的人，却也发生过误飞机这样"重大"的事情。两次误机，都是在伦敦。

　　一次是2014年的圣诞节，我去了伦敦。到了12月最后一天，自己矫情地想回根西岛，想沉浸在那种独自跨年的孤独中，提醒自己对热闹保持观望，因为自己从始至终就不是一个能融入热闹群体的人，不如索性保持距离。

　　矫情是可以理解的，但是坐飞机前一晚不设闹钟是无法原谅的。

　　那天起床，已是8点20分，我的飞机一个多小时前就已经起飞。不得已，临时买了贵出平时两倍的机票，安慰自己破财消灾。那一刻，也有点小骄傲，觉得女人经济独立真正是好。

　　第二次误机是今年，和J先生带父母在英国旅游完，送他们上飞机后，我转天从伦敦飞往阿伯丁，去苏格兰旅游。网上check in之后却忘记了看登机时间。

　　对时间的乐观估计，导致了那天早上的匆忙慌乱，也是唯一一次和J先生分别时没有流泪。

早晨六点半的飞机，到登机口时六点十分，谁知登机口已经关闭，同样倒霉的还有另外五个英国人。

误机后的第一反应就是对不起J先生。他因为送我，特地晚一天回加拿大。

他在gatwick机场送走我以后，还得提着我的三个大行李箱坐大巴去希思罗机场。辜负了他的付出，让我觉得内疚不已。

我在微信中跟他道歉，他却一直温柔安慰我没事，只要人安全就好，钱浪费了就浪费了，破财消灾，让我别再多想。

挂了电话，还发了条微信给我，告诉我"我们是一家人，你不用跟我道歉，我永远会在你背后支持你的，爱你"。

那句话是那天的催泪剂，也是生动的一课，让我明白，夫妻之间的谅解和体贴是多么重要。

03. 机场

机场的显示屏就是一个写满了各种地名的小世界。

我常常在候机时盯着显示屏呆呆地看，看哪些地名是我去过的，哪些是我想去还未成行的，哪些是完全陌生的。

同时，也觉得机场是一个特别孤独的存在。如果你为了赶早班飞机睡过机场，就会知道凌晨半夜的机场和白天的机场有多大区别。

二十出头那会儿，我睡过布达佩斯机场、马德里机场、不来梅机场和罗马机场。仍然记得在马德里机场丢失了一顶特别喜欢的黑色帽子。

半夜的机场，灯火通明，没有人声，也没有行李箱滚轮的声音。虽然安静，却无法让人安然入睡。

我总是忍不住好奇为什么每天都有那么多人离开和抵达。他们有着不同的肤色，操着不同的语言。没有谁知道谁的故事，也没有谁知道那些平静面孔下有着怎样真实的情绪。

唯一彰显情绪的是在重逢和离别的时刻。

机场出口，总能看到很多拥抱、大笑、亲吻的场面，温馨至极。这个世界，你去的地方，有人在等你，这种感觉真的是很好。

可是，离别呢？佛教中"生别离"是人生八苦中的一苦。我见过很多人在安检口挥手告别，流下热泪。

根西岛由于地理位置的关系，进出岛的主要交通工具就是飞机。

很多次，我在那个小小的机场等待起飞，也有很多次，旅行远游累了，在飞机上无比期待快点看到机场那幢矮矮的楼。

以前看《当幸福来敲门》时，不懂为什么电影场景要设在机场，现在应该是懂了，有出发有抵达，就像幸福在路上。

愿你无惧重新开始

在汉语字典里，"重新"被解释为——再一次，从头再开始。

在很多人的人生字典里，"重新"这个词，往往伴随着未知、担心、麻烦和害怕，它总是能轻易地挑动人们敏感脆弱的神经。

想想也是，如果分手，若想再恋爱，得重新去认识人，了解新人的脾气品性兴趣爱好，观察三观是否合得来；

如果离婚，还想再婚，得重新进一次婚姻市场，把恋爱甜蜜吵架磨合、谈婚论嫁那些事儿重新来一遍；

如果跳槽，要重新适应新的工作环境，搞不好还会遇到奇葩同事和领导；

如果换地方生活，要重新去熟悉另一个地方的交通、购物、娱乐，等等，还得重新建立一个新的朋友圈。

这一些"如果"想下来，那些刚刚在脑海里还充满激情的念头，转瞬间就被"重新开始"这四个字泼了一盆冷水。

所以，总是会看到那么多人，宁肯在一段不幸的婚姻中每天以泪洗面，和小三和婆婆斗得心力交瘁，也要守住一段名存实亡的婚姻；

宁肯忍受让自己身心疲惫且厌倦的工作，也不愿给自己一些时间行动和改变；

宁肯呆在一个并不喜欢的朋友圈中，也不愿跳出来重新认识结交一些志同道合的朋友……

鲁迅很多年前就写过：不在沉默中爆发，就在沉默中灭亡。

可是有太多人，没有爆发，也没有灭亡，而是活在了那种沉默的拧巴和痛苦的呻吟中。

我也曾有过那样的时期。

那时候，我谈着一段越来越不开心的恋爱，生生地看着自己活成了爱抱怨、疑神疑鬼、纠结挣扎的样子。父母、好友很多次劝我分手，重新寻找幸福。

我也无数次在心里如火如荼地上演"我要分手，我要摆脱现在的局面，重新开始新生活"的想法。

但是，在面对现实时，我一次又一次地退却、妥协，虽然最终我还是选择了分手，可是我真的浪费了太多的时间和精力。

现在想来，那时候不敢果断分开，重新开始单身生活，是因为害怕，因为不相信。

害怕什么呢？害怕自己一个人即将步入社会时的慌张无措，害怕自己孑然一身孤独终老，害怕自己要重新面对单身生活的种种压力。

那么，不相信什么呢？既不相信自己一个人也能过得很好，也不相信前方有好的爱情在等待自己。

或许，正是因为有过那样痛苦的经历，所以每次在遇到朋友或者读者问我有关是否要重新开始的问题时，我都会强调一点，一定要明白自己要什么，不要什么。

若想要的生活跟现在拥有的南辕北辙，那就勇敢一些、努力一点，果断跟不想要的现在说再见。因为，只有先干脆利落地舍弃，才能真正重新开始。

我以前不明白什么叫作"无知者无畏"，后来慢慢懂了。

时间这位老师，把我们调教成了小心翼翼的人，并以一种根植于内心的悲观生活着，不相信失去的东西还会再拥有，不相信重新洗牌后自己会拿到好牌。于是抱着一手烂牌打下去，幻想着什么时候能翻盘赢得满堂红。

如果，真的选择安于那种生活，放弃所有的挣扎，也不再天天盯着别人过着你想要的生活，然后各种对比折磨自己，那么选择固守在原地也是可以的。

可是，一旦内心那个"重新开始其实更好"的小火苗没灭，那么就会终日活在踟蹰不定和患得患失中，耽误时间，浪费金钱。

成长就是一个不得不主动或被动选择的过程，面对人生无数个岔路口，每个人都必须做出自己的选择。选择了勇敢，就放弃懦弱；选择了奋斗，就放弃安逸；选择了重新开始，就放弃停滞不动。

我有一个师兄，有天突然在微信群中告诉大家他要举家移民加拿大，把很多人都震惊了。

师兄和他媳妇儿卖了在北京的两套房子，其中一套是许多人艳羡的学区房，还卖了奔驰跑车，还清了银行的所有贷款，剩下的钱在多伦多买了一栋别墅，再除开支付两个人在加拿大未来两年读MBA的费用和生活费，几乎所剩无几。

移民去一个新的国家，留学买房找工作，所有生活的秩序全被打乱，所有的一切都要重新建立。不得不说，这需要巨大的勇气。所以，群里很多人都忍不住发出赞叹和羡慕。

暂且不论加拿大是否真的有中介宣传得那么好，国内是否真的那么不尽如人意，单就师兄面对重新开始新生活这件事的坚定和勇气，就让我很佩服。

我问他，对在加拿大的新生活有啥怕的没？没想到他哈哈一笑回答："怕啥，啥也不怕，很期待。"

他告诉我，他的勇气来源于自己没什么可以失去，国内的生活方式并不是他想要的，他很清楚自己要什么，相比无聊的日子，他觉得重新开始有趣得多。

那一番回答，让我特别难忘。因为，清楚自己想要什么是一回事，能否有勇气真的去重新开始，又是另外一回事。真正把重新开始新生活定义为有趣的人，并不多。

我也有过很多次选择重新开始。

高考失利不愿复读，选择去一个重点本科中的独立学院重新开始，离开家，慢慢体会集体生活，学会独立自理。

大学里的恋爱，当知道彼此不合适，也不会有未来，我选择了放手，重新开始新生活，一个人每天穿梭在教室、瑜伽馆和图书馆，每天做着考研复习、兼职教瑜伽、看书放松心情这三件事。

考研，我选择放弃考本校的研究生，舍掉本科学的日语专业，而是选择了考北外的汉语国际教育专业，重新开始在新的领域学习。

硕士毕业，我拒绝了送上门的工作合同，知晓自己的性格、学术能力，不适合当大学老师。所以我选择了出国工作磨炼两年，在一个从未听说过的小岛将生活工作重新来过。

遇到J先生后，我选择放下和原谅以前在爱情中有过的痛苦和伤害，重新开始认真对待一份爱情，在婚后重新规划自己的人生。

回头看这一个个重新开始，我突然就有了一种信念：只要我还是我，还有阅读的习惯、有尝试做不同美食的爱好、有健身塑形的坚持、有旅行上路的意愿、有不断创作的热情、有赚钱的能力、有表达关心和爱的情感……那么我就无须惧怕重新开始，无论在哪里，我想自己都能过上向往的生活。

日子在一天天走过，每一天都在接近我们曾设想的未来，同时又一分一秒把"昨天的未来"变成现在，又变成过去……

我很难具体说清明年、后年、五年后的生活是什么样的情形，但我又知道它应该是什么样子的。

告诉自己，不用担心，相信自己可以应付，过去的每一次的重新开始把我锻炼得越来越像一棵树，花朵枝叶四季更迭，但枝会更长、更舒展，根会更深、更扎实。它不断吸取天地自然的各种灵气和养分，无惧任何新的开始。

到不了的远方，
回不去的故乡

下了好几天雨的根西岛终于放晴，几个朋友约着去海边的一个餐厅吃午饭。

席间，Linda突然抛出一个问题："你们有没有觉得，在国外待久了，自己变得有点既融不进在中国的社会圈子，也融入不了国外的社会圈子？"

问题一出，一片沉默。大家也都放下了正在切食物的刀叉。

隔了好一会儿，大家才打开话匣子聊了起来。

没想到，说着说着，话题变得有些沉重，乡愁如蚕吐丝一般，一丝一丝地释放出来，缠绕着每个人。

余光中的《乡愁》表达的是漂泊异乡多年的游子对故乡的思念，《回乡偶书》记录的是年老还乡人的感慨，宋之问的一句"近乡情更怯，不敢问来人"则是体现了久别故乡的游子重返家园时复杂的心情。我不知道，为什么我们这群30岁左右的年轻人，怎么也开始有了乡愁？

在座的Jenny，在泰国和英国加起来待了十一年；Jane，在博茨瓦纳、南非和英国加起来待了十五年；Linda，在英国待了十年；Colin，在瑞士和英国加起来待了一年半；我，在匈牙利和英国加起来待了三年。

在国外工作生活的我们，大多都有同感：当最初的新鲜感和好奇感褪去后，日日夜夜都思念国内的家人、朋友、美食等熟悉的一切，尤其是在春节、端午、中秋这些传统的节日，思念尤为明显。

所以有这样一句话：出国才爱国，出国才知道外国的月亮没有中国的圆。

故乡就像是一种深沉的精神寄托，给予我们安慰。虽然我们一年当中鲜有时间回国，但是每次聚会，大家只要说起故乡，必有说不完、道不尽的话语：那些要好的小伙伴、常去的公园和餐馆、故乡的特色美食、小城中传奇的故事……

可是当回国后，我们发现其实那些小伙伴早已各奔前程，散落天涯；熟悉的老街早已拆掉，平地盖起了高高的写字楼；常去的餐馆已经换了招牌，不知所终；特色食物变得越来越商业化；喧嚣的人群、缺乏规范的公共空间、糟糕的空气污染、拥挤的交通，等等，更像是未经允许就把我们对故乡的回忆篡改得面目全非。

Colin说回国时，朋友聚会上，因为他在国外学会的礼貌和客气，被朋友调侃成假洋鬼子；Jenny说回国时，朋友知道她嫁给了英国人就百般地羡慕，对感情生活、工资收入等隐私毫不忌讳地打听；Jane说回国，大家说的很多信息她都跟不上，滴滴打车、微信红包等新的生活方式也让她觉得十分陌生；Linda说在国内时一和朋友见面聊天，朋友就叨叨着办公室的勾心斗角、升职加薪，谁谁傍了大款，谁谁买了豪车。话题似乎很难再聊到一块儿去。

记得去年圣诞回国，有多年驾龄的J先生开车带着我行驶在北京的长安街上，看着到处加塞、按喇叭的情况，都有些心惊胆战，无所适从。

从南到北，八个半小时的高铁让我在惊讶中国速度的同时，也让我看到了窗外灰黄色的雾霾、裸露的沙地、干涸的河流、荒芜的田地、被风吹着四处飞扬的塑料袋。

那些场景，让我有落泪的冲动。这是在国外时怀念的故乡吗？为何故乡变成了这番让人痛心的模样？

有太多的人，在一次次归乡中接近，又在一次次停歇后远离。接近和远离就像天平的两端，我们走在其中，依然彷徨，依然漂泊，没有归属，亦没有停下的勇气。所以，回忆故乡的我们，大多也选择再次出国漂泊，成为异乡人。

可是，尽管我们远走异国他乡，但谁又能够否认故乡是我们生命中的一部分呢？

我们从小喝着故乡的水、呼吸着故乡的空气、说着故乡的语言长大，我们继承着祖祖辈辈流传下来的一些风俗礼仪，我们有着戒不掉的中国胃，坚守着在故乡养成的饮食习惯……这些都是故乡对我们的潜移默化，我们的思想和行为根植于故乡的点点滴滴。

离了乡背了井，表面上看是习惯了融入了，但是内心至深处，却仍有漂泊之感，辗转不安。

汉堡和薯条永远无法成为我们的主食，刀叉和筷子，不仅仅是餐具上的差异；

不同社会文化背景下成长的两国人也很难成为真正交心的朋友；

语言带来的不仅是表达的不同，更是思维方式的差异；

喝水、社交、穿着、付钱等生活中的小事，也处处体现着文化差异；

黑头发黑眼睛黄皮肤，就是一张行走的ID，时时刻刻提醒着身在此地的你是外国人。

年少的时候，我们都急于离开家乡，带着憧憬去往繁华的大都市，后来，为了去看更大的世界，追逐自己的梦想，我们离开了大城市，到了国外。

可是那时的我们一定不曾想到，在急欲为自己创造一个更明亮的未来的同时，不知不觉间却像走上了一条自我放逐的路，尽管找到了物质上的满足感和精神上的成就感，那种心灵深处无可凭借的无力感却是那么明显。

故乡因为远离，而有饱满的思念；国外因为包容，让人欲罢不能。我们似乎都成为了没有故乡的人，不知该归去何方。

其实，除了在国外的中国人，许多在国内大城市打拼的年轻人，也似乎都不知归途何处。

很多人，在万籁俱寂的夜里，内心有过无数次的挣扎和纠结，"大学毕业是该留在大城市，还是该回到家乡？是该在大城市继续奋斗、漂泊，还是该回家乡结婚生子过安稳的生活？"

在这个日新月异的信息化时代，处在中国社会发展、转型和变革中的我们，特别容易迷失和迷茫。

北大的汪丁丁教授曾在一篇文章中指出——中国人心灵的困境在于，迅速西方化了的生活方式与自身内在情感方式之间的严重冲突。

短短几十年，这个国度变化太多太快。而几千年来的安土重迁的传统文化，所铸就的对于故乡的情感就如胎记一般，无法洗掉。

无论看了多少国外的高楼大厦、都市的热闹繁华，都剪不掉我们内心深处的故乡情结。我们的人际关系、情感表达，都迟缓于现代商业文明，甚至有些格格不入，无法完整融合。人们需要在现代日渐西化的生活与传统的情感冲突之间找到一个微妙的平衡。

大概，每个人心中都有一方故乡，承担了这个依托和平衡的角色。我们年少时所有的无忧无虑都留在了故乡里，每一条熟悉的道路，每一栋熟悉的建筑，每一张熟悉的面孔，都能带给我们安全感。

故乡的旧情、旧景、旧人、旧物，能够让我们在回忆时，重温到一种久违的淳朴的情感。

但是，当人们回过头去寻找传统意义上的故乡时，记忆中的故乡早已被现代工业文明改造，变得难以辨识，甚至不复存在。年轻的一代离开故乡在外拼搏，父辈一代成了空巢老人在家朝夕盼子归来，或是去异地甚至异国为子女照顾下一代；城市化进程没有保住传统的精华，多少建筑拆了建，建了拆；农村剩下越来越多的留守儿童、七零八落的小村庄、破败失修的瓦房……

故乡人的变化、建筑的变化、社会风气的变化……如此种种，都在说明"故乡"之所以称为"故"，因为它总是和过去、和回忆联系在一起。

很多次，我们想回到故乡，却在她面前踟蹰不定，不知该用何种姿势倚靠她、拥抱她；而她，虽然仍说着熟悉的乡音，但感受到我们浑身充满着外面世界的气息，亦无法靠近。

是的，我们回不到故乡，因为我们洗不尽铅华，找不回曾经的模样。即使循着模糊的记忆远远望向故乡，那里却早已面目全非了。

所以，李健那首《异乡人》打动了很多人。"不知不觉把他乡，当作了故乡，只是偶尔难过时。不经意遥望远方，曾经的乡音，悄悄地隐藏。"

我们和故乡，就这样渐行渐远。

日本的诗人室生犀星曾写过——故乡是身在远处想念的地方，也是以悲哀的心情赋诗的对象。

"回不去的地方叫故乡，到不了的地方叫远方，多少人就这样，一直在路上。"

想改变活法，
先改变食物

·

·

根西岛，是个没有中国超市的地方。

有限的几家中餐馆，亲自试过后，却发现是改良后的中国味道，与自己想念的味道并不一样。

我一直相信，味觉虽然看不见，但是人的味蕾是有记忆的。很多时候，离开了某个地方、某个人，却仍然记得某些味道：妈妈做的泡椒凤爪、外婆煲的海带排骨汤、一个亲戚做的各种卤味、在好友家聚会时她做的一锅驴肉、去谢菲尔德时老同学为我做的麻辣香锅……

每当想起那些人，总是会不自觉地就回想起那些味道，回忆似乎都随之变得更为鲜活。

《孟子·告子上》中，孟子与告子辩论，告子曰："食色性也。仁，内也，非外也。义，外也，非内也。"还有孔子在《礼记》里讲"饮食男女，人之大欲存焉"。

不同的先哲，却道出了同一个道理：凡是人的生命，不离两件大事：饮食、男女。

刘若英唱过的歌中，有句特别走心的歌词："真的想，寂寞的时候有个伴，日子再忙，也有人陪你吃早餐。"想必好多人与我一样，都记住了这一句，却忘了下一句是——虽然这种想法，明明就是太简单，只想有人在一起，不管明天在哪里。

事实上，越简单的想法有时候越不容易实现，所以，有很多时候，其实我们都是自己一个人吃饭。

很多人会说："一个人吃饭，根本不想做，太麻烦了，随便吃点什么就行了。"于是，泡面、外卖、汉堡、炸鸡等就成了很多人不用思索的选项。

可是一旦长期过这样的生活，不仅美味、乐趣和幸福感会渐渐消失，而且对待自己的态度会变得越来越随便，失去要求。

都市中越来越快的生活节奏，也许让很多人在疲劳和奔波中逐渐失去了慢慢给自己做一顿饭的耐心。可是，仔细想想，每天下班回到家就瘫坐在沙发上，吃油腻且卫生情况堪忧的外卖盒饭，吃饱后，再看看韩剧偶像剧，刷刷朋友圈，然后洗澡睡觉，第二天日子再机械重复。这样过起来又有什么质量而言？

在国内读大学时，我有过很长一段时间在食堂或者外面的餐馆吃饭。

一个人时，去食堂随便打点饭菜，或者去后街买份凉皮、凉菜、炒饼，又或者打电话叫外卖吃个盖浇饭。

和朋友聚会时，则喜欢去一些口碑好、装修有格调的餐厅。至于味道和营养，倒没有那么讲究，但经常吃完肠胃会觉得不大舒服。

后来去了匈牙利，也正正经经做饭、吃饭。但是由于假期比较多，每个假期我都出去旅游，所以很多时候对吃饭这件事也就糊弄了事。因为有时候会嫌麻烦，一个人在厨房折腾一个小时，做出一两个菜，不到半个小时就吃完，看着水池里的两三个碗碟一双筷子，不能不觉得寂寞。

一直到来了英国，在这个小岛上生活。许多以前不会或者不愿学的事情，如今都要一点一点学着来。学会的第一件事情，就是一个人也要好好吃饭。

根西岛可以买到的食材并不多，洋葱土豆胡萝卜，牛肉猪肉三文鱼，黄瓜番茄西兰花。不到半个月，那些食材就能吃一个遍。可是，我有戒不掉的中国胃，就只好自己多花点心思。

　　不记得有多少天，睡前我总是打开"下厨房"App，一个菜谱一个菜谱地看，想着有哪些菜谱可为自己所用，很多次看着看着都有流口水的感觉。直到开始发困，于是放下手机，带着对第二天做饭的美好期待睡去。

　　什么单身的烦恼，什么孤单的困惑，全都在那些夜里消失不见。

　　因为相比看不见的虚无缥缈，我更想抓住生活中实实在在的喜悦。

　　去年春节前，想吃饺子想得不行，又无处可买，于是凭着以前在家母亲教我包饺子的记忆，决定自己动手包饺子。

　　去超市买来香肠、葱、胡萝卜和西芹，泡发从国内带来的木耳。

　　将香肠里的肉馅挤出来放在碗里，把葱、胡萝卜、木耳和西芹叶子全都切成碎末，与肉馅放在一起，加点盐、生抽、胡椒粉和清水。

　　打一个鸡蛋，将蛋清和蛋黄分离，蛋黄加入面粉中，蛋清加入肉馅中。然后就开始了和面、醒面、拌肉馅。

最后，坐在桌前，一边看英剧，一边包饺子。

一个、两个、三个，就这样一边看一边包，时间悄悄地过去了三个多小时，当包完最后一个饺子，我数了一下，82个，每一个都有棱有角，像一个个喜庆的元宝。

下锅煮了十多个饺子，盛出来，蘸着醋，尝了一口，好吃得让我自言自语夸自己。看着碟子里那一个个白白胖胖的饺子，内心那种在异国过春节的冷清被抚慰了一大半。

拍下照片，发到朋友圈，收获赞誉一片，大部分人都不敢相信我居然会包饺子，小部分人用了各种溢美之词夸奖我。那一刻，不是不骄傲的。

做饭，是一种喜悦，虽然很渺小。可是再微乎其微的喜悦，一点点积攒下来，就成为了一种乐趣。

不试一试，你大概不会知道去超市买菜、回家洗菜、切菜、腌制、炒菜、煲汤，等等，对内心有多大的治愈作用。就像哪怕在心情跌入低谷时，若还能够给自己用心地煲一锅香菇鸡汤，生活大抵也不会坏到哪里去。

有部我特别喜欢的日剧，叫《在蒂凡尼吃早餐》，讲的是一个女人和相恋六年的男友分手后，自己开始动手做早餐、和闺蜜们进行早餐约会、邀请闺蜜来家里吃早餐等一系列的事情。片中的女主角，在一顿顿早餐中，慢慢治愈了内心有过的痛苦和挣扎，变得更加自信、淡定和平静。

虽然我每天自己做饭，收获了很多朴实的喜悦，但是在没有工作的上午，我有时候会睡到很晚，经常跳过了早餐，或者就吃片吐司喝杯牛奶。但那部日剧中的一句台词给我印象太过深刻，"想改变自己的活法，先改变自己的食物"，于是，我开始每天做早餐，一天都不落下。

银耳莲子羹、红豆薏米汤、黑豆养身粥、鲜虾蔬菜粥、全麦香蕉布丁、红枣桂圆蛋，等等，成为了我常做的早餐。那些食材，一部分是我从国内带过来的，一部分是在英格兰旅游时买的，因为有限，所以每次吃的时候，心里都充满了感恩。

大部分时间，我都会花点心思，将早餐和水果细心摆盘。然后拍照存在手机里，一张一张积累下来，每次看到那些色彩明亮的早餐照片，嘴角都会不自觉上扬。

一种只有自己懂的形式感，对其他人毫无意义，却带给自己一种微妙的欢喜。它让我对自己的生活态度越来越笃定，笃定自己有让自己幸福的能力。

或许，因为我们的生活，总是需要一些专注、可控和充满生机的感觉。

后来，遇到J先生，在他来根西岛看我的前几天，我包了很多饺子冻在冰箱里。在机场接到他，一回家我就给他煮了饺子吃。

很久以后，他告诉我，当他吃到第一口我包的饺子时，他特别感动，除了他妈妈和姥姥，再无第三个女人给他包过饺子。

婚后的日子，我们依然异国，依然是每天自己一个人吃饭。在他不那么忙的时候，我们常常约定好，一起用同一个菜谱，做同一道菜。

菠萝饭、咖喱牛肉、台湾卤肉饭，等等，那些约定做饭的日子，都成为了回忆中带着笑容飘着香味的存在。或许，柴米油盐酱醋茶，只要用了心，同样是一种非常有质感的温暖。

前些天，好友Rachel发来一张照片，是以前在夏威夷生活的照片和如今在杭州定居的照片。照片上的她，判若两人。

她拿着在夏威夷时拍的那张照片自嘲，说以前的脸简直像是被炸弹炸过一样，坑坑洼洼全都是痘。

我听了哈哈大笑，然后问及原因。答曰：那时候特别懒，又不愿做饭，吃东西也乱七八糟，还总跟朋友在外面胡吃海喝，脸就成那样了。

她这番回答，让我想起英文中那句古老的谚语：You are what you eat.

曾在微博上看到一段让我特别认同的话：年岁愈长，愈知时间不够、热量有限，胃容量就那么大，能消耗的热量就那么多，所以更要珍惜每一卡，绝不能浪费在高热量的垃圾食品和伤身体的便宜酒上，而要把有限的热量和健康余额尽量用来吃不占地儿、精致的食物以及喝好酒。

或许，随着年纪渐长，也知道了哪些食物该吃，哪些不该吃，哪些食物并不适合胃肠功能不够好的自己。

就像爱情一样，试过了恋过了错过了，慢慢才知道哪些人适合远观，不可亲近，知道什么样的人适合自己，也不会再把时间浪费在飞蛾扑火的恋爱上，以及向友人一把鼻涕一把泪地哭诉遇人不淑上。

一份好的爱情应该是有利于身心健康的，就像自己做的一盘营养搭配良好的食物，吃下去，会知道自己吃进去的是健康。

现在回头看才发现，一个人做饭吃饭，竟然连带着改变了我对于生活和爱情的看法。想想真是奇妙，吃饭和爱情，看上去八竿子打不着的事情，却隐秘地产生着关联。

有人说，在一起生活很多年的夫妻会越长越像。那大概是因为，他们在一起吃了无数顿饭，两个人的味蕾、胃，连着心都会随着时间，越来越靠近。

爱情可以很复杂，也可以很简单，简单到你就是想和爱的人在一起吃每顿饭。

我的好闺蜜H和她男友最初恋爱的半年，每天下馆子，吃到两个人都胖了十几斤。后来，他们开始有些厌倦外面的餐馆，于是回家自己动手做。

就在昨天，她告诉我，他俩现在基本都不在外面吃饭了，男朋友现在只爱吃她做的饭，每次吃完都特别勤快地洗碗、收拾厨房、给她倒茶按摩。

我也曾和有些姑娘一样，觉得要去旋转餐厅边吃边看夜景，那才叫情调，要有烛光晚餐，那才叫浪漫。

可是，当真正经历了生活的琐碎，才会懂得，那种情调和浪漫只能作为生活偶尔的调剂，就像高卡路里的甜点，哪怕卖相奇佳味道无敌，也只能偶尔吃吃，不能当作正餐，若每日如此，那件喜欢的小黑裙是穿不上了。

在我看来，在共同布置得很温馨的家中，我洗菜煮饭和炒菜，你刷碗擦桌加收拾，两个人在一起开开心心地共食一锅饭，在热气腾腾的食物面前，你会把我喜欢吃的留给我，我会把你喜欢吃的夹给你，然后聊聊生活中的苟且，也不忘聊聊两个人共同的远方和梦想，如此，不失为饮食男女中的寻常浪漫。

探 索

我 敢 活 成 自 己 想 要 的 样 子

—— // ∧ \\ ——

I dare to live the way I want to

想要成为精致的女人，我们就得狠下心来塑造自己。

你见过有哪个雕塑没经过一刀一刀的雕琢？

我一直坚信人要活得更有信念一点，

更坚定一点，内心才会有力量。

当有一天，
你开始懂得父母心

公公在微信群里分享了一篇旅游的文章，关于布拉格。看着文章里一张张照片，那些熟悉又亲切的地方，我翻出电脑里的照片，从2014年到现在，上万张照片，一直没好好整理。

照片自带定位，伦敦、根西岛、剑桥、牛津、爱丁堡、香港、伊斯坦布尔、蒙特利尔、尼亚加拉、渥太华等等一个个地名出现在我眼前。

蓦地想起父亲一个好友曾对他说过的话：你女儿那么独立，估计以后会走得离你们越来越远。

01. 原谅我越走越远

父亲对我提起这句话时，是我两年半前准备再出国的时候。那时，我拒绝了重点大学送上门的聘用合同，执意参加选拔考试，只身前往英国。

母亲深知我的性格，做好的决定谁都拦不住，只好支持我。父亲却仍试图将我留下。他用我身边一个个朋友安稳的生活来劝阻我，希望我能安心当一名大学老师，找一个踏实可靠的人结婚生子，有一个温馨稳定的家庭。

那些劝说让那时的我十分反感，我以沉默、我行我素表示抗议，抗议他不理解我要什么，不理解我心里的迷茫和挣扎。

甲之砒霜、乙之蜜糖，父亲眼里特别好的安稳生活，也许适合别人的生活，但不一定适合那时候的我。我明白自己想要让心沉淀下来，明白自己想要自由，哪怕这自由是父辈眼里难以认同的——顺从自己的心，过自己想要的生活。

在25岁那年，我有很长一段时间找不到生活目标，时常活在一种自我否定和怀疑的焦灼感之中，虽然表面上也说说笑笑，但是只有自己明白内心有多压抑，多不快乐。关于人生、爱情、婚姻、职业、前途等问题，都压在心里，喘不过气来。我迫切需要跳脱出来，去远方寻找一个答案。

最终，父母还是尊重了我的选择，尽管无奈，但依然带着祝福和嘱托，看着我再次拖着三四个行李箱，独自一人坐上飞向英国的航班。

在狭小的机舱内，突然想起离别前母亲对我说的话，她说你爸爸昨晚看到你的箱子在客厅，跟我说想起女儿又要一个人在外面漂泊，就觉得好可怜，想到她又要很辛苦，那么久才能回来一次，就好舍不得。

离别的场景、母亲的话语、父亲的模样，在我脑海里久久无法散去，我闭上眼睛，眼泪肆意流下。

原谅我，爸爸妈妈，原谅这颗不安分的心总是向往着远方，总是期待着自己在历练中长成更美的模样，原谅我离你们越来越远。我在心里无声地道歉。

时过境迁，我结束了英国的工作，没有如期回国，而是搬到了加拿大。由于已经结婚，父母总算放心了许多，不再像以前那般挂念。

但是每次打电话，父母仍不忘各种叮嘱：不要熬夜，要吃健康的食物，要好好生活，好好珍惜婚姻。

如今，随着和越来越多为人母的女友们的交流，以及自身对情感、家庭、衰老等事情的认知，我终于可以理解父母曾经的想法。

他们只有这一个女儿，看着她离自己越来越远，无法给她任何保护和帮助，他们何其牵挂和担心。就如站在岸上，眼睁睁看着我这艘小船驶离港口，大海中的风暴和礁石都得我自己应付，他们再爱我再关心我，也做不了任何事。

对他们来说，这大概会有很深的无力感吧。

02. 独生子女的孤独

在英国那两年，我常被问到是否是独生子女，在得知答案后，他们都用一种悲悯的口吻说，你离他们这么远，你父母一定非常想你，这太不容易了。

然而，我总是后知后觉地知道，我每一次坐飞机，每一次去陌生的国度，他们都在心里祈祷着我的平安；

我每一次陷入低谷，遇到困难，情绪不佳，他们都会很急切地想拉我一把，让我振作快乐起来……

写到这儿，我的眼泪夺眶而出，这五年来，父母为我该有过多少担心和记挂。

我的旧手机里，存着两条父母的短信，是在我离家时发给我的。

父亲的短信是——爸爸祝你一路平安，自己保护好自己，永远爱你。

母亲的则是——妈也爱你，虽然有千般不舍得离别，但是，妈不阻拦你追寻你的梦想，惟愿你照顾好自己，祝一路平安，一切都顺利！

这个世界上，能够如此无私爱自己的人，只有家人。

可是最最亲的父母在一天天衰老，母亲有了颈椎病、骨质增生，一向身体很好的父亲抵抗力也下降了，不时感冒发烧。每当得知他们生病，我都觉得万分揪心，恨自己什么都做不了。

光阴如流水，总会带走些什么。我知道，总有一天他们会离开我，总有一天，那个我无论何时回去都有父母的家，将不复存在。

Part 3
探索
—〃 ∧ 丶丶—

这些是一定会发生的事情，却也是我内心最无法接受的事情。

我很羡慕好友Rachel，她从四川嫁到浙江，安家后不久，便将父母接到了浙江，生活在一起。她的父母有她可以依靠，可是孩子如我一样远在异国他乡的父母，却似乎成为老无所依。

几个月前，闺蜜的妈妈突发脑梗，由于她和先生刚好都在父母家，于是他们迅速地将老人送到了医院，由于抢救及时，很快脱离了危险。

我给母亲发微信，拜托母亲买些水果打个红包，代我去看望。第二天，闺蜜跟我联系时，跟我说，我和你妈妈聊到你时，你妈妈哭了，她很羡慕我妈妈，因为我在身边，她觉得她如果有什么意外，你都回不来。

闺蜜的那番话，似一记鞭子抽到了我身上，痛得我回头看着家的方向，泪流不止，让我看到眼前这条路是多么地孤独，作为中国独生子女孤独的路。

我凭着一腔英勇，带着对远方的憧憬和理想的执着，一路往前，却没有想到这条路越走越孤独，回头看路的那一端，父母在一天天衰老，我却找不到一条归途……

曾经读龙应台《目送》只觉得写得情真意切，现在每次回想那段话，总有忍不住落泪的悲凉——

我慢慢地、慢慢地了解到，所谓父女母子一场，只不过意味着，你和他的缘分就是今生今世不断地在目送他的背影渐行渐远。你站在小路的这一端，看着他逐渐消失在小路转弯的地方，而且，他用背影默默告诉你：不必追。

18岁到28岁，十年了。读大学时，我每年只有特定的寒暑假回家，后来出国这几年，更是甚少回去。

今年三四月，父母去英国看我，我才意识到，这么多年，我没有见过爸妈春秋天穿的衣服，只见过他们穿的短袖和大衣。过马路时，牵着他们的手，我才发现，那双曾经温厚有力的大手，开始有些干枯了。

四季轮回，似乎，我错过了太多太多，然后就看见皱纹爬上他们的眼角，白发隐约出现在他们的两鬓。

我一直是个努力的姑娘，可是岁月如刀刻留在父母身上的痕迹，任凭我再努力都无法抹平。

Part 3
探索
—〃∧〃—

03. 只要你生活幸福

　　知乎上说作为独生子女的体验是——不敢死、不敢远嫁、特别想赚钱，因为他们只有我。可是实际上，生死、远嫁这些事，并不是人为可以控制。我有好些远嫁的女友，她们并没有要刻意远嫁，只是刚好爱上的那个人、安下家的城市，离父母所在的老家，是那样遥远。

　　我在工作赚钱后，家里装修也好，逢年过节也好，我都会给父母钱，但是其实这些都远远比不上常回家看看、陪他们吃顿饭散散步带给他们的温暖和满足。这些普普通通简单的事，却因为我身在国外，做到的少之又少。

　　许许多多远离家乡、在外奋斗的独生子女，现在都面临这样的问题——父母的养老怎么办。理想的远方和父母的养老，在现代社会，似乎成为了对立的双方，而这场对立，没有赢家。

　　在西方，我见过很多七八十岁独自居住的老人，孩子圣诞节回去看看他们就已经是孝敬。因为在西方文化中没有赡养父母这一说。可是，在我眼里，那不免显得有些残忍。

我有一个加拿大朋友Marian，生了六个孩子。前段时间跟我联系时说起了每个孩子的情况，没有一个在她身边。六十多的她，搬家全都是靠朋友的帮忙。

我问Marian，孩子们都不在身边，会不会觉得很孤单。她说有时候会，但是那都没有关系，她看到孩子们过得充实开心，她也很高兴，同时骄傲于孩子们取得的成绩。

谈话的末尾，Marian说孩子有他们自己的人生，我们谁都无法永远陪伴谁，只要他们过好自己的人生，过得快乐就行，这对父母来说是也是最想看到的事情。

前几天和母亲打电话，聊到将来如何给他们养老这个问题。母亲说，我现在都看开了，你在哪儿生活都可以，只要是你想要的生活方式，你好好生活过得开心就行，做父母的都希望子女过得幸福，看到你们生活得好，我们也就安心了，至于养老，总会有办法，你不用担心。

母亲的那番话，让我心里五味杂陈，有心酸、有感激、有自责、也有释然。一代一代人的更迭，是自然界永恒不变的规律，这是岁月流逝带来的必然结果，和岁月抗争，却让自己越抵抗越力不从心。静下心来仔细想想，还好仍有可以为父母做的事。

每周至少给父母打两次电话，视频一次，语气态度要好，不要对父母的唠叨表现出不耐烦。

耐心教父母使用QQ、微信、skype、facetime这些通讯工具，让父母想找你时，随时可以找到你。

不熬夜、不酗酒、不抽烟，无论发生什么糟糕的事，都不做糟践自己身体、损害身心健康的事，别让父母为自己担心。

平时多跟父母联系，多发照片给他们，自己做的料理也好，生活中的随手拍也好，让父母也间接参与自己的生活。

每年至少回老家一次，推掉和酒肉朋友的聚会，多花时间陪父母吃饭、逛街、聊天、散步，陪他们做任何他们想做的事情。

每年至少带父母远游一次，带着父母一起去看世界，在旅途中与他们分享那些独自旅行的故事。

不定期给父母买一些礼物，比如拖地宝、按摩椅、记忆枕头、精油香薰等等，别告诉父母价钱，就说不贵就行。

父亲节、母亲节、感恩节这些节日，记得用不同方式郑重地向父母表达关怀和爱意，这些仪式感在亲情中也必不可少。

鼓励父母投身于自己的兴趣爱好，在精神和物质上支持他们。

好好工作，与父母分享工作中的成就感，好好生活，让父母看到自己过得幸福。

写完这些事，再想到父母为自己付出过的，觉得十分惭愧。活到快三十岁，我才开始懂得父母心，只是这份懂得，伴随着时光无情的流逝，和岁月无常的变迁。

也许，有一天我也会为人母，有自己的孩子。也许，将来我也会经历父母经历的过程，目送孩子远行。也许，这就是世世代代不变的更迭……

相濡以沫的女朋友

做梦醒来，看见窗外已经天光大亮，气温降了一点儿，温度恰好。我躺在床上，想着刚才的梦境，心里涌起一股想念。

梦里，我和三个闺蜜在一起，她们都怀孕大着肚子。Y的预产期临近，大家都陪着她散步，说说笑笑，互相挤对。突然，Y说羊水破了，我在一边慌张失措，L紧紧抓着我的手，已经生过一个孩子的M立马打电话给110，还有Y的老公。一番折腾后，我们在医院的产房门口，听到了婴儿清脆的哭声。我和她们拥抱在一起，激动地哭了。

然后，我就醒了。翻出手机里去年回国时和她们的合照，看着看着，眼前有些模糊。许许多多的遗憾，全都在脑海里回响。由于身在国外，她们的婚礼、孕期、分娩，我都缺席。

现实中的她们，现在都是准妈妈，M已经怀上了二胎，Y离预产期还有8天，L的预产期在下个月。就在前几天，我们在微信上聊天，我还跟她们撒娇，说好想摸摸她们的肚子，陪在她们身边。

这几个闺蜜，都是我的发小，彼此的友情，都有一定的年头了。一个11年，一个14年，一个15年。可以说，她们几乎占据了我目前生命长度二分之一的时间。

时间，是一把有美感的标尺。我们在这把标尺中，看着对方成长、蜕变、起起伏伏。生活轨迹的变化，并没有带走我们的情谊，相反在心里，我们都对彼此多了一份记挂，还有祝福。哪怕很长时间不联系，都丝毫没有影响，或许是因为它足够稳定，所以这份友情早已成为安心的存在，不再需要任何刻意的维系。每次重逢，画面都能瞬间变回我们十几岁的时候，从未生分。

02

　　我的化妆包里，有一只口红，我很少用，因为舍不得。关于这支口红，有个小小的故事。

　　在2011年的夏天，老姐说等你25岁的时候，我会送你一支Chanel的口红。
　　我问为什么。那时候的我每天都是素面朝天，从来不化妆。
　　老姐说："我只是希望借此让你明白，女孩子一定要好好爱自己，要给自己用好的东西。"

　　后来，在2012年四月最后一天，我收到老姐从上海寄来的礼物——一支Chanel的口红，还有两串粉水晶手串和一个粉水晶狐狸吊坠。那时，我处在人生一个低谷，面对前方的分岔路口，迷茫，焦灼，踟蹰不前。

　　那一份礼物，就像黑夜痛哭时的一个拥抱，让你明白You are not alone（你并不孤独）。

　　老姐在电话里对我说："我现在已经感觉得到自己在很快地

变老，所以你真的要快点长大，否则我怕以后我没有那么多的精力再照顾你。"我在电话这边，不住地点头，眼泪夺眶而出。

我在很多文章里写到过老姐，也跟身边所有的亲朋好友多次提到她。而这个被我称为老姐的女人，其实跟我一点血缘关系都没有。她只是我的朋友，我的闺蜜，我的知己。今年是认识她的第六个年头。

大概每个人的心里都有一些创伤，来自孩童时期的不够被爱，或者不够被关注，这些隐秘在内心深处的创伤，并不会随着年纪的增长而消失，它可能会在某一次情绪失控时，或者某一次生活重创时，跑出来，提醒你内心伤口的存在。可是，如果人生路上，能够遇到一个真心善待你、无所企图、可以共同前行的朋友，那一部分的伤就会被治愈。只有得到过爱的人，才知道怎么去爱人。

我一直觉得，老姐就是上天派来治愈我的人。当年，她说，第一次见到你，看到你的笑，就觉得你特别单纯特别美好。就这样一个简单的理由，这些年，她给了我很多属于姐妹之间的爱，如果没有她，我想我不会成长得这么快。

03

2014年的夏天，我在北京，参加出国前的选拔考试，认识了一个师姐，扎着马尾、五官漂亮、身材匀称、气质温婉又大气的一个北京姑娘。几百号人里，让人过目不忘。

由于校友的缘故，我们很自然地有种亲近感，候考排队的近一个小时中，我们聊得十分愉快。

她从北外研究生毕业后，被派去罗马工作了一年。工作期满，她没有回国，而是申请了罗马大学关于全球文化交流方向的博士。

四年读博期间，她走遍了欧洲大大小小的博物馆，也收获了一份属于自己的爱情，一个很帅且对她关怀备至的意大利男人。

博士毕业，她回国申请派往罗马的工作。那年，她三十岁，见识过了世界，也见识过了人情冷暖。

考试进行得比较顺利，考完我们一起边走边聊去坐车。这个漂亮优秀的师姐，颇有感触地对我说道：这些年，见过了太多太多的人，才知道到底什么样的女人可以做朋友。

我问，是互相支持、志同道合、可以分享喜怒哀乐的人吗？

她摇摇头，意味深长地看着我说，师妹，只有对你没有嫉妒心的女人才真正可以做朋友，我遇到过、也见过许多女人之间的友情是如何因为嫉妒心而瓦解，你以后出国一定要记住这点。

后来，我去了英国，她如愿去了罗马。我们曾约好相见，但终因签证、假期等等因素，未能重逢，只是偶尔会在微信上聊聊天。

两三年过去，我们一直没能再见，但她那句话总会不时出现在我脑海里。有时候，我甚至会想，老天让我遇见这个师姐，是否就是为了让我知道那个道理。

04

"从我结婚后，就发现以前那些谈得来说得来的都不爱搭理我了。"研究生同学小静在我们微信聊天时，抛过来这句话。接着，又自嘲说，可能我刚结婚时老爱晒生活，把别人弄烦了，删了也不可惜。

自从有了朋友圈这个玩意儿，的确有很多人的友情因为它而变了质。我对小静说，如果仅仅因为你晒出了幸福生活，别人就起了嫉妒心，疏远你，甚至背后腹诽你，这样倒也好，看清虚情假意，并不是件坏事。

小静有些愤愤然地说，以前辛苦上学上班，穷的要死，在朋友圈吐槽悲催生活时，那会儿多少朋友啊，现在看我结婚了，嫁的不错，不用上班了，好多就都变脸了。

她这段话，让我有些无奈，但事实的确如此。女人跟男人相比，更易嫉妒，所以有些女人之间的友情很脆弱，有时候会因为一个漂亮的包、一个优质的男人、一段良好的姻缘或一个不错的机遇，就分崩离析。

但是，女人又易深情，所以有些女人之间的友情固若金汤，像危机时的降落伞，冬天里的暖水袋，感冒时的一碗姜汤，而这一切皆因懂得和理解。"因为懂得，所以慈悲"，曾经胡兰成对张爱玲说出这句话，可是事实证明，其实真正懂得女人的，从来不是男人。

在易嫉妒和易深情之间，其实也是一个女人成长、看清世情的过程。或许，会受伤害，会遭到背叛，但是最终，时间和成长后的认知，会让你并不后悔这个过程。

年岁的增长，也在逐渐地让我们明白：当认识一个人的速度越来越快时，能够成为真正的朋友、知己的速度却在越来越慢，许多人，不过是过客，不过是熟人。

著名的旅德华人艺术家王小慧，在她的书中，写了一段话，很好地帮我们区分了朋友和熟人的概念——真正的朋友是那个你可以无话不说，可以绝对依赖的人，你可以相信，假如你真有需要，他们会不顾一切来帮助你。这样真正的朋友你一生不会碰到几个，所以特别值得珍视。真正的朋友无论你走多远，永远还是你的朋友，这有点像亲人的味道。而熟人，当你去另外的地方时就会相互慢慢淡忘，失去这种联系双方都不觉得是大的损失，而在新的地方又会很快有这么一大圈所谓"熟人"。但失去真正的朋友你会有种失落，一种失去亲人般的痛苦。

那些可以相濡以沫的闺蜜们，大多一起哭过、笑过、傻过、痛过，看过对方最低谷落魄的样子，也看过对方人前光鲜的模样，却没有心生过妒忌。

你过得好，我为你高兴；你被人群簇拥，我站在人群外守望你；你过得不好，我帮你一把陪你一段；你犯糊涂做傻事，我宁愿得罪你也要骂醒你；在你执迷不悟不听劝告，而撞南墙撞得头破血流时，我一边骂你一边心疼你还一边帮你清理伤口……

愿意这般彼此真心相待的朋友，认真数数，并不多。但只要有那么几个，就会觉得人生路上并不是那样孤单和寂寥。

亦舒的《流金岁月》，我看过很多遍，吸引我的总是蒋南孙和朱锁锁的友情。我至为赞赏亦舒的一段话——女人必须学会欣赏同性，必须要有可以相濡以沫的女朋友。不妒忌，不猜忌，并且懂得不用道德枷锁和有色眼镜绑架你的同性伙伴，将给自己带来莫大的解脱和安全感，远非爱情可比。

三个闺蜜和老姐，让我真切地懂得了这段话。在少不更事为爱情痴狂的年代，友情是常常容易被忽视的存在。后来渐渐懂事，明白轰轰烈烈的爱情如瞬间绽放的烟火，不会长久，也不值得追寻，回头看友情，发现她们仍站在原地，对你微笑，随时愿意张开臂膀，拥抱你。

然后，才开始真正知道，有可以相濡以沫的女朋友，是多么难得又幸福的事情。

如果这辈子都只是普通人怎么办

01: 这样的人生，你能接受吗?

你有没有过，在某天早晨被闹钟叫醒，看着家里普通的家具摆设，想着等下要挤公交车或者挤地铁去上班，算着这个月要交的房贷、水电燃气费和生活费，看着镜子里长相平淡无奇的自己，有一种想流泪的冲动?

你有没有认真看过英国这任女首相的就职演讲，其中有段话是这样: If you're from an ordinary working class family, life is much harder than many people in Westminster realise. You have a job, but you don't always have job security. You have your own home but you worry about paying the mortgage.You can just about manage, but you worry about the cost of living and getting your kids into a good school.If you are one of those families, if you're just managing, I want to address you directly. I know you are working around the clock, I know you're doing your best and I know that sometimes life can be a struggle. （如果你来自一个普通的工薪家庭，你的生活远比威斯敏斯特的很多人所意识到的要艰辛得多。你有一份工作，但你并不总是有工作保障。你有自己的住房，但你为偿还贷款发愁。你勉强维持生计，同时不得不为生活开销和将子女送入好学校忧心。如果你正是这样的家庭之一，如果你正在处理这些问题，那么我想直接告诉你：我知道你正在没日没夜工作，我明白你已全力以赴，我也理解生活有时会很艰辛。）

抛开政治不谈，她道出的这段普通人生活的艰辛，戳中了包括我在内很多普通人的心，不分肤色、国籍、年龄。

《这个杀手不太冷》中，Mathilda问Léon:" Is life always this hard, or is it just when you're a kid? （人生总是这么苦么，还是只有童年苦？）Léon的回答诚实且残酷—— Always like this. （总是这么苦。）

作为普通人，对这份苦的感受大概更为深刻。所以，我们奔跑、奋斗、仰望、努力，期待着有朝一日摆脱普通人的身份。毕竟，谁不喜欢出场带着光环？谁不喜欢手握很多资源、信息和资本？谁不想做一个人生赢家？

可是你有没有想过一个问题——如果这辈子都只是个普通人怎么办？也许奋斗十几年，依然没有卓越不凡与众不同。仍然做一份普通的工作，过一份普通的生活，这样的人生，你能接受吗？

02. 身为普通人的自卑

我曾收到过这样一则读者的留言，她说自己是一名普通的女大学生，不知道出路在哪里，每天都活在自卑和迷茫中，内心十分痛苦，希望我能写写关于普通人的文章。

这条留言让人看了心疼，时不时回想在我脑海里。这个现实世界，不止她一个人，还有很多人内心有一种身为普通人的自卑。曾经的我也是。

那时，北外七十周年校庆，办的十分隆重盛大，邀请了国内外许多校友。那些校友名单中，有很多大使参赞外交官、有很多公司的总裁CEO、有很多知名的电视媒体人，有很多出色的翻译官……

我和其他数百名志愿者一样，穿着学校发的文化衫，兴致勃勃地做着校庆组委会安排的各项工作。

那几天，看了太多带着光环被人群簇拥着的成功人士，了解了很多前辈校友们的辉煌成绩，也见识了他们的风度、气质、谈吐。

我终于承认人和人真心是有差距的，那份差距让我感到作为一个普通人是件很自卑的事情。

整整一年，我很自卑，也很努力。上课、写作业、兼职、学习、健身，是那一年生活的主旋律。我迫切地渴望着成功，摆脱普通人的身份。虽然那时候，我也说不清楚，到底什么叫作成功，我只是希望，自己不要做湮没在茫茫人海中的普通人。

研二那年，我通过了选拔考试，去了匈牙利实习工作。在那里，我见到了另一种生活方式，没有那么多的比较，没有那么多想出类拔萃的人，也没有那么多对成功的渴望。

我有一个很喜欢的学生，叫卢叮卡，这是我给她起的中文名字。这个匈牙利姑娘很聪明，也很有思想，对学习很认真。她有一个双胞胎姐姐，很开朗的一个姑娘，与卢叮卡不同的是，她的左手残疾，只有极短的一小截左臂和一个手掌。

有一次，卢叮卡邀请我去她家吃饭。在她和姐姐一起租的不大的小公寓里，她们展示给我看了许多她们做的各种各样手工的东西。

尤其让我惊讶的是卢叮卡的画，还有姐姐的手工饰品，似被赋予灵魂一般，很有灵气，彰显出一种很强的生命力，这是很打动人的地方，让我不敢相信，这出自于两个普通姑娘的手中，而且姐姐左手还是残疾。

她们的生活很普通简单，每天学习、打工。在家共用一台电脑，很少上网，空闲时间全都贡献给了她们的兴趣爱好。那些东西，是心中很有爱的人，才能做出来的。

看着这对姐妹，作为独生子女的我非常羡慕，她们的很多小细节，都表现出默契和对彼此的关心。

我们席地而坐，喝着咖啡，聊了一下午，很是尽兴。

房间里的摆设、她们的言谈举止、那些手工作品，都在无声地表达着她们对生活的热爱。看着她们姐妹俩富有感染力的笑容，我突然明白——平凡不意味着平庸，普通不意味着不幸福。

那一年，我独自去了欧洲很多地方旅游，路上遇见了很多有意思的普通人，有工作五年辞职跑到巴黎去学蓝带的湖北男孩，有在巴塞罗那开华人旅馆当导游的青岛大叔，有兼职做瑜伽教练的跨国公司白领姐姐，有研究生辍学去当独立摄影师的新疆姑娘……

他们都是很普通的人，没有很有钱，也没有很成功，但是他们都活得特别带劲，像梵高笔下的色彩，饱满、热烈。他们做着自己喜欢的事情，过着自己想要的生活，找寻着自己的理想和想要的快乐。

我很感激旅途中的遇见，他们让我的心越来越开阔。不知从何时开始，我不再自卑于自己是一个普通人，也不再纠结于普通人的身份，而是渐渐领悟到——不论成功与否，我们都是普通人，说普通话，做普通事。决定我们是否幸福快乐的，并不是我们的身份。

03. 接受自己普通的勇气

这个世界，的确有很多人，通过各种方式，成为了不普通的人，他们或在某个领域很有成就，或在社会上很有影响力。共同点是他们有很多的资源、信息、平台、人脉和资本。相比普通人，他们更容易成就他们想做的事情。

当有了网络和社交平台，这一部分人的生活和事业的各个方面被无限放大，加上社会舆论的导向，无疑激起了无数普通人的艳羡。

所以，成功学那么盛行，励志学那么风靡，似乎大家都追求"更高、更快、更强"的人生。目标是统一的，状态也是统一的，似乎普通人的人生糟透了，一定要用金钱、物质、名利向别人证明什么，来保证生活的安全感。似乎没有一个人甘于普通人这个身份，我们都不愿过普通的人生。

所以，会出现这样的现象：有的普通人，被不法分子利用想一夜暴富的心理，上当受骗；有的普通人，仇富心理爆棚，通过网络大肆谩骂宣泄心中不满；有的普通人，对难以改变的人生处境而感绝望选择自杀。这些都是社会大环境浮躁的表现。

在中国社会发展和转型的时期，很多人出来闯荡、奋斗，为了改变普通人的身份。但同时，也有很多年轻人因为自己是普通人而悲观、消极、自卑。如果这样的情绪和心态，得不到合适的调整，就很容易恶化成抑郁、嫉妒、厌恶和憎恨的心理。

和朋友聊天，他说现在最害怕的就是变得普通，然后还默默接受了这样的生活，然后习惯了。他告诉我，他还是想走一条不一样的路。我问他，什么是不一样的路。他含糊其辞，这条路是什么样的，他并不知道。但因为这样的想法，他一直活得郁郁寡欢。

渴望成功没有错，希望自身获得发展也没有错，但是我们的确应该正确客观地认识自己。努力决定一个人的下限，天赋决定一个人的上限，将军只有一个，士兵千千万万，社会的分工不一样。

南海仲裁问题出来时，我问一个在部队当兵的朋友，有没有害怕，有没有觉得当一个普通的士兵很不甘心。他回答我说没有，因为社会的不同工作，需要不同的人去做。

是的，一个才智普通、天赋普通、家境普通、际遇普通的人，在有限的生命里，有太多的不自由，有太多事想做但做不到，有很远的梦要追却追不上。

可是，很多时候生活的本质是平淡和坚守，而平淡和坚守里有着持久的欢喜。在疲惫的工作后回家看到孩子纯真的笑脸时，会觉得开心；在寒冷的冬天里，和一帮老友坐在一起大口吃火锅时，会觉得高兴；在看到自己经过长期努力而取得的各项成绩时，会觉得骄傲；在遇到困难时，获得许多朋友的支持和帮助，会觉得感动；在失意低谷时，有父母和爱人不离不弃的鼓励和陪伴，会觉得幸福。

而这一切，与是不是普通人，没有关系。作为一个普通人，所能感受到的酸甜苦辣与喜怒哀乐，所走出来的路和创造出来的回忆，已足够报偿我们来这烟火人间活一次。

人有梦想是必要的，有不断进取的心也是必要的，但也应该有脚踏实地、接受自己很普通的勇气。

有了这个勇气，会慢慢懂得，怎样以一个普通人的身份，去活出属于自己独一无二的人生，更热爱生活，活得更好，更加充实，内心更有智慧，精神更为富足，才是我们值得追寻和探究的。

过得精致的确了不起

之前在看卡耐基的书时，看到过卡耐基的太太对如何成为一个精致女人提了几条建议：永远不说粗俗的话；要做干净整洁的女人；不必追求衣服的档次，但是要有品质；为自己选购一两件珠宝饰品；永远不要放弃读书；要有一两个自己的爱好；要有把日子过得精致的心。

建议的前四点，其实对大多数受过良好教育的女性来说，并不是很难。真正难的是后面的三点——永远不要放弃读书、要有自己的兴趣爱好、要有把日子过得精致的心。

实际上，现实中有很多人容易把精致等同于有钱，看着那些过得精致的女人，酸葡萄的心理便开始泛滥，"她嫁了个有钱老公，当然能过得精致，像我们这种人天天为赚钱忙碌，哪有工夫精致。""她住着大房子，当然能把家里布置得精致。""她不用上班，当然能有大把空闲时间保养自己，把自己打扮得精致。""反正都是生活，过得精致有什么了不起啊？"

　　过得精致的确了不起，而且是非常了不起。

　　我见过嫁给有钱老公的女人，每天除了打麻将之外，什么都不干，孩子可以丢给保姆，自己依然在麻将桌上屹立不倒；我见过家住三层楼的大房子，可是客人的拖鞋都是脏兮兮的，家里更是乱七八糟，毫无品味；我也见过全职主妇，每天和小区里的女人们坐在一起聊天，家长里短地议论是非，或者吹嘘炫耀新买的奢侈品。

　　我也见过许多真正精致的女人，她们不一定有钱，但是当你看到她的第一眼，她浑身散发的气场就让你觉得非常舒服，言谈举止都让人尊重。
　　就如朋友说的那句话——一排女人同时走出来，有些看上去就像是去买花的，有些一看就像是去买菜的。

精致，其实跟钱的关系真的不大，因为它更多关乎人的精神和意志。

有些事，一旦进入了意识的范畴，就会变得不那么简单，因为人性中的弱点，让人们在懒惰和勤奋、随波逐流和坚持自我、抱怨和改进，等等一组词中，非常容易就选择前者。

一部不需要动脑子的肥皂剧和一本思想深刻但需要反复思考的书，人们很容易就会选择点开肥皂剧；

在邋里邋遢不洗脸梳头，和每天不管出门还是在家都将自己从头到脚收拾得得体大方之间，人们也很容易就选择前者；

叫一份无营养不健康但简单方便的外卖和下厨用心烹制一顿晚餐，人们也很容易就拨打外卖电话……

所以说，选择精致，意味着需要与人性的弱点角力，需要强大的精神意志，选择一种不断向上和完善自我的生活态度。

有太多女性，从象牙塔步入社会后，就开始一步步远离书本、爱好和对生活的用心。取而代之，是淘也淘不完的淘宝、是没完没了的和别人攀比、是敷衍了事的垃圾食品和快餐。

还有一些女性，当一头扎进感情和婚姻后，就过早地失去了自我，一边心安理得地把自己打造成日渐平庸的家庭妇女，一边又抱怨婚姻生活的种种不好。

所以，我们会看到很多女性眼神中过早地失去了光彩，过早地将自己变成一副老气横秋的姿态，甚至慢慢养成了很重的戾气。

不得不说，这是一种悲哀。为什么？因为当她们看到那些内外兼修、秀外慧中、过得精致的女性时，仍然会羡慕不已，甚至因为那样的羡慕产生自卑或嫉妒，而她们的美好年华都已在不自知的蹉跎中过去了。

中国古话说："书到用时方恨少。"我们看的很多书，在看过以后大部分都忘了，似乎读书真的没什么用，尤其是读和专业及工作无关的书。

其实不然，读过的书，看过的风景，经历过的事都存在于一个人的精神世界里，时间久了，就能显露在气质里和谈吐上，当然也能显露在生活的许多细节之中。

所有我见过的精致女人，没有一个是不爱读书的，毕竟"腹有诗书气自华"这句话能够流传千年，肯定有其道理的。

我非常喜欢亦舒在书里写过的一句话："读书的目的是进修学问，拓阔胸襟。人生所有烦恼会不多不少永远追随，只不过学识涵养可以使一个人更加理智冷静地分析处理这些难题而已。"

这些年，我越来越对这段话有共鸣感，也越来越感激父母在我很小的时候就培养了我阅读的习惯。不管在哪里，我从未停止过阅读。在异国的岁月里，在孤独的日子中，在挣扎的时刻，书籍给了我温暖的陪伴和莫大的安慰。

多年读书的习惯，让我从初中开始就写日记，渐渐地喜欢用文字记录生活，表达感受。

上次回国收拾旧物，看到柜子里几十本日记本，就觉得很幸福。一页一页地写，让我养成了写作的爱好，而这个爱好给予我的幸福，远远超过任何物质享受。

我从来不否认金钱和物质的重要性，相反我也喜欢，但是我很清醒地知道，金钱和物质只是带给人便利，而不是幸福，根植于精神世界的爱好带来的幸福和愉悦才是恒久绵长的。

我的瑜伽老师，修习瑜伽十多年，拥有自己的瑜伽馆。几年前，她出了车祸，小腿上留下了很多疤痕。动手术时没哭，看着触目惊心的伤口时没哭，但是在医生说她可能以后不能再练瑜伽时，她的眼泪汹涌而出。

幸运的是，她恢复得很好，在她的恢复期，瑜伽就是她的信仰。

现在，她的瑜伽馆仍然有声有色，上过她的瑜伽课的学员，没有一个不喜欢她。前几天，看她在朋友圈发了一个状态："如果你真的热爱瑜伽，你一定会找到一个坚持的理由；如果你有一丁点儿不喜欢瑜伽，你一定会找到很多借口偷懒。选一种姿态，让自己活得无可替代，命运如同手中的掌纹，无论多曲折，始终掌握在自己手中。"这样一个精致的女人，每天都会将自己打扮得清爽利落，从不蓬头垢面，也不浓妆艳抹。

她在租来的房子中，都会贴上漂亮的墙纸，将房间打扫得一尘不染，会给去她家做客的朋友，用心地煲一锅香菇鸡汤，炒几个美味的家常菜；还会在瑜伽馆放置一套功夫茶茶具，摆上美丽的鲜花，以前给我们几个人上完瑜伽教练课后，就贴心地给我们泡上一壶上好的铁观音。

这样一个精致的女人，让我在六年后，依然怀念以前师从她修习瑜伽，和她每天一起泡在瑜伽馆里的日子。

爱好不一定是昂贵的，它不是随波逐流地选择一个世俗眼中高大上的事情；美食不一定是昂贵的，它可以是用心为自己为家人做的一份爱心便当；家居用品也不一定是昂贵的，用心养护的绿萝和茉莉，都能给家里带来许多生机。

精致的生活，不是用钱就能堆砌出来的，是因为用心，才会使日子变得精致。

想要成为精致的女人，我们就得狠下心来塑造自己。你见过有哪个雕塑没经过一刀一刀的雕琢？

我一直坚信人要活得更有信念一点，更坚定一点，内心才会更有力量。要活得幸福，得相信幸福不来自于别人给予，而是自己得拥有创造幸福的能力；要活得舒心，得相信一点一点对生活的用心，会慢慢让生活有质的跨越；要活得漂亮，得相信那些古老的字眼——善良、自尊、自重、独立、自信、坚强、智慧，并且不断地去实践，直到这些字眼成为自己的一部分。

　　到那时候就会明白，过得精致的确是件了不起的事情，而你做到了，也是多么了不起。

I dare to live the way I want to

我敢活成自己想要的样子

—— // ∧ \\ ——

是谁来自山川湖海，
却囿于昼夜厨房与爱

01. 家庭料理，不怕麻烦

最近，愈发倾向用简单的食材烹制菜肴，不加过多调味料，常用的是盐、生抽、胡椒。越简单，越还原食物天然的味道。我喜欢注重食材色泽搭配，青椒配土豆，三文鱼配芦笋；木耳配黄瓜，红椒配鸡蛋，西芹配虾仁……

有时候，会惊叹不同种类、不同颜色食材搭配在一起，会产生那般让味蕾惊艳的效果。俗语说男女搭配，干活不累。合适的食材搭配在一起，也能相得益彰。

自己做饭已有四年历史，厨艺不算精湛，但能够让胃妥帖，也已知足。这两年，更是逐渐有了自己偏爱的味觉体系。

离家十年，和父母，还有老家的闺蜜们味蕾分别很大。不再嗜辣，也不再能吃辣。同坐一桌，有些菜肴吃不到一起去，还好这并不影响同食的温馨和快乐。

只不过，每年和他们一起吃饭的次数屈指可数，想起有些愧疚。

以前大学时代，很喜欢参加饭局，只要同学朋友邀请，便欣然前往。后来，渐渐不爱凑这样的热闹，一起吃饭的对象，必是要聊得来或志同道合的朋友。边吃边聊，交换对很多事物的看法，诉说生活中的困难和快乐。一顿饭吃下来，常觉得神清气爽意犹未尽。

自己开始做饭后，会不时邀请要好的朋友来家吃饭，也非常珍惜每次被朋友请到家中吃饭。现代社会，餐饮业十分发达，朋友聚会，常常选择餐馆。点菜、吃饭、买单、走人，一气呵成，无需提前备菜，也无需洗碗收拾。只有非常好的朋友，才愿意请来家中，亲自下厨，不怕麻烦。所以说，真正要好的关系，并不怕麻烦。

02. 聚散离合，活在当下

邀请朋友来家中聚餐。五个人，围坐一起，吃火锅。火锅料是在中国超市买的小肥羊。

火锅底料一放，家中香味四溢，熟悉的味道，瞬间带出大家在国内时吃火锅的故事。

食物真是奇妙，总是能够隐形地联结记忆。有时候，能够忘记一个爱过的人，却忘不了和Ta一起吃过的麻辣烫；朋友久未联系渐渐疏远，却仍记得她煲过的一锅猪肚包鸡汤；想念一个人，会自动地想起Ta为自己做过的一顿糖醋排骨；大学毕业再未返校，却时时想念后街那家餐馆的红烧猪蹄……

看着眼前冒着热气的火锅，思绪游离到离开英国前的那顿饭。四五个朋友来我家，也是吃火锅。由于岛上没有中国超市，火锅食材没有那么丰富。

席间，大家十分热烈地交谈。聊天内容涵盖很广，生活、工作、感情、政治、经济、宗教等等。成年人的喜悦来自于思想火花的碰撞，不同的角度，不同的立场，必然有不同的一些观点。无关高下对错，只是酣畅淋漓的探讨。

聊到最后，说到离别，氛围有了些许感伤。

彼此都知道，这样的机会怕再难得。说了再见，不知道何时再见。

以前总不舍得和朋友分别，现在已渐渐懂得，相聚是缘，离别也是。

时间是筛子，重要的都会留下。不用着急拉黑谁，也不用急着清理通讯录，时间自会帮你筛选。遗忘别人，或被人遗忘，都顺其自然。懂得甄别真情和假意，已是长进。能够对人保持善意和真诚，是一种天赋，也是财富。

聚散离合，活在当下，且行且珍惜。

03. 味至浓时是故乡

午饭，做了干豆角炒肉，还有红椒萝卜条炒鸡蛋，食材简单，味道不错。干豆角和萝卜条是去年回国带来的。

南方每到夏季，许多人家贤惠的主妇，都会晒一些豆角和萝卜条，晒好的这些干货，在许多菜肴里有如点睛之笔。

上次回国，姨妈做的梅菜扣肉放了些干豆角，听我一说味道很好，她于是拿出自己晒的两大袋干豆角和萝卜条给我，让我带回英国。推辞了许久，她很坚持。最后盛情难却收了下来。离开英国前，没有吃完，不舍得扔掉，又带来了加拿大。

之前在英国时，橱柜里，总储备着一些滋养身体的好物。枸杞、桂圆、核桃、熟芝麻、贡菊、银耳、香菇、红枣，它们全都是父母和J先生探望我时带来的。每次吃时，我都不放太多，希望能吃得久一点。

国人之间，都鲜少直接表达感情，亲朋好友几乎从来不言关爱，却惯于用食物表达心意。这是东方文化中极为含蓄的方式，但这般表达，在日后想起时如饮上好龙井一般，让人回味许久。

04. 为你下厨房

晚上九点半，J先生说有些饿了，问我有什么吃的。

本已打算看会儿书，听他一说，从摇椅上起身，挽起头发，打开冰箱看了看，决定给他做日式蛋包饭。

剥开洋葱，切成碎丁，火腿切成小块，取出一些青豆备用，白色瓷碗里磕入两枚鸡蛋搅匀。热油下锅,听着洋葱滋滋地响着,愉快地散发着香味,煸炒一会儿,加入火腿,再加入米饭、青豆和三大勺番茄酱,翻炒均匀。

厨房的香味,引来了他,他站在旁边,不住感叹:"老婆,好香啊,好想吃啊!"听完,忍俊不禁。

最后,当平底锅里摊好的鸡蛋饼,裹住了喷香的米饭,再倒扣在碟子中,日式蛋包饭就做好了。端给他之前,特意用番茄酱在蛋包饭上写了个"love",金黄的蛋包饭,配上红色番茄酱写的字,颜色煞是好看。

坐在他旁边,看他一口一口吃得十分开心。还不时夸赞几句,"老婆,你太棒了,真好吃!"这句话,每天都会听到,但是每天都听不厌。

05. 囿于昼夜厨房与爱

网上有句流传甚广的话:爱之于我,不是肌肤之亲,不是一蔬一饭,而是一种不死的欲望,是疲惫生活的英雄梦想。

可是,我更喜欢三毛的态度——爱情,如果不落实到穿衣、吃饭、数钱、睡觉这些实实在在的生活里去，是不容易天长地久的。

单身时，我是那般抗拒琐碎，害怕琐碎的日常磨灭了自己心中的诗意情怀，更害怕自己在七零八碎的生活中活得庸庸碌碌。如今，一天一天的生活让我懂得——两个人在一起面对的琐碎日常，也是值得珍惜的温情。

很多人眼里，生活是在别处的诗意和远方。

我也这么认为过，于是一个国家一个国家地换，去的越来越远。可是走得越远，就越发觉，生活自带惯性，即使到了远方生活，时间长了，这种惯性会自动跑出来。此地的生活，虽然是你以前眼里的远方，但是在日复一日中，你会觉得它又变成了眼前的苟且。心不安定，在哪儿都无法真正享受生活。

万能青年旅店的歌手唱着：是谁来自山川湖海，却囿于昼夜厨房与爱。不管前者还是后者，求仁得仁，就是幸福。

囿于昼夜厨房与爱的人，见识过星辰大海，遇见过天地和自己，才会明白，迷茫无措的青春岁月，奔波流离的心，能够遇到一个甘愿停留下来的地方和人，何尝不是一种幸福和圆满？

我们总需要和世界和解，和那个满身是刺的自己和解，这最好的方式，是时间、美食、细水长流的爱和平淡充实的生活。

我该如何满怀深情地向你告别

"明晨离别你，路也许孤单得漫长，一瞬间太多东西要讲，可惜即将在各一方……"张国荣唱的《千千阙歌》不知单曲循环了多少遍，晚上九点半的根西岛，依然没有天黑，今天的白昼显得特别漫长，那些想隐藏在黑夜中的离愁别绪都无处遁形。

虽然没有幻想5月20号会是浪漫的一天，却也未曾想到会在这一天思考死亡和告别。

"姥爷去世了，你给妈妈和姥姥打个电话慰问一下吧。"公公的一条微信，打破了整个上午的宁静。盯着"去世"两个字，我拿着手机，情绪如翻江倒海一般。

我只见过姥爷一面，在去年圣诞节回国结婚领证时。当时姥爷已经住院一段时间了，看着病床上饱受病痛折磨的老人，我一时语塞大脑一片空白，似乎说什么都是多余。

　　"姥爷，我带媳妇儿来看您来了。"J先生握着姥爷的手说道。

　　"好，好，结婚了，好，结婚了好……"刚从病危中抢救过来的姥爷，显得气若游丝。

　　没想到那一面，竟然成为了我和姥爷唯一的也是最后的一面。

　　给婆婆打电话前，我心里打了很多腹稿，想着该如何安慰她。可是没想到电话接通后，婆婆反倒首先对我说没事儿没事儿，你别担心，我挺好的，后事都安排好了。

　　当我问及姥姥怎么样时，婆婆说她也没事，大家都有心理准备，所以都挺平静的。

　　婆婆的语气中，有一些疲惫，但是并没有过分的悲伤，这点让我有些意外。

　　我不由想到杨绛写的《我们仨》，当杨绛每天从客栈去船上看钱锺书，她说："这我愿意，送一程，说一声再见，又能见到一面。离别拉得很长，是增加痛苦还是减少痛苦呢？我算不清，但是我陪他走得愈远，愈怕从此不见。"看着亲人一点点远去，大概所有人的想法都是挽留，总是一程又一程地送，慢慢的，多久都愿意。可是，总有一个点，你会知道，真的该说再见了。

Part 3
探索
——∥∧∧∨——
· 163 ·

在我们每个人的一生中，总是充满着各种告别。可是无论自己经历了多少次告别，还是会在告别真正来临时，忍不住难过、落泪和不舍。因为告别的不仅仅是一个人，更是一段你和对方的岁月，无论怎么留恋都回不去的岁月。

电影《少年派的奇幻漂流》中，有句我特别喜欢的台词——**All of life is an act of letting go, but what hurts the most is not taking a moment to say goodbye.**（人生就是不断的放下，但最伤心的是，我们来不及好好告别。）

为什么来不及好好告别会让人伤心呢？我以前也不知道。直到婆婆跟我说起和姥爷的告别，姥爷和他兄弟姊妹的告别，我才明白。

姥爷生病有两三年了，一直医院进医院出，打针吃药动手术，受了很多苦。直到这次进医院，姥爷觉得可能不会再出来了，于是叫婆婆召来了所有他那一辈的亲戚。

七八十岁的老人们，从上海赶到北京，围在姥爷的病床周围，拉着手逐个与姥爷说话聊天，回忆往事。

我无法从婆婆的表述中得知这些经历了快一个世纪的老人们当时究竟是什么感受，可是那个场面，就像静默地告诉我们，岁月流逝是怎样的一种无情。

"姥爷那几天状态都还不错，跟亲戚们也聊了很多，但是我刚把亲戚们送到高铁站，就接到医院的通知，说姥爷休克了。"婆婆告诉我。

或许，当老人离去前，将想见的人全都见了一遍，对这个世间也就没有遗憾了吧。"姥爷86岁，最后能够安心地离开，也是福气了。"婆婆说。

之前当姥爷被送进ICU，在ICU里面一手抹着眼泪，一手对着婆婆颤颤巍巍地挥手时，已近花甲之年的婆婆，在ICU外忍不住痛哭失声。

"那一刻真的是揪心的疼，我知道他非常非常痛苦，看着他一个人在ICU里那么孤独，可是你什么都做不了，真的无能为力，什么也做不了。"婆婆这番话让电话这头的我眼泪唰地一下就流了下来，她也哽咽到说不下去。

隔了一会儿，平复了下情绪，婆婆接着说，"反倒是今天，看着他走了，不用再忍受病痛了，临走前也都见着那些亲戚了，后事都跟我交待好了，所以他能走得那么安详，我心里就不那么难受了，反而也跟着平静了下来。"

在我的记忆中，我在面对亲人离世时从未平静过。

小学时，外公、爷爷、奶奶两年内相继去世，然而我并没有见到他们最后一面，只记得他们合上的双眼，身体没有任何温度。彼时年幼的我跪在地上哭得撕心裂肺，虽然那时候我并不理解死亡，但是想到从此再也见不到、再也听不到就觉得痛苦万分。

前几年，与我一起长大的表哥意外去世。母亲在电话里哭着告诉我这个消息。当时的我并无太大的感觉，也没有流泪。

第二天醒来，"我都没有与表哥告别，便再也见不到他了"的念头就像一记突如其来的闷棍，打得我似五脏六腑绞在一起般的疼。想到过年回老家，再也见不到他了，想到以后的每个春节他都不在了，而我竟然都没能陪在他身边给他一个拥抱，没能听到他的遗言，我的眼泪如同开闸后的洪水汹涌而出。坐在床上一直哭一直哭，不记得流了多少眼泪，却仍记得当时那份悲恸的心情。

这个世界有时候真的无比残酷，地震、爆炸、车祸、火灾，各种意想不到的天灾人祸，瞬间就能夺走人的生命。

逝去的那个人，在走进死亡大门前，甚至都没能来得及再看一眼家人朋友就停止了心跳，而留下来的人，因为没有怀着深情与挚爱的人告别的那个时刻，恐怕一生想起来都会忍不住悲伤。

有次在看杨澜的电视节目时，听她说起过一个小故事。讲的是她婆婆得知自己癌症晚期后，不愿拖累全家人，也不愿毫无尊严地在医院靠呼吸机和各种插在身上的管子过完余下的日子。有天，她婆婆让她帮忙选张好看的照片，叮嘱她将其作为遗像照片，还让杨澜一起给自己选件好看的衣服作为寿衣。到了最后弥留之际，她婆婆穿着之前选好的衣服，看着全家人都围在身边，非常安详地离开了世界。

然而，这样的告别，并不多见。但足以给人很大的启发。

在中国，死亡是非常忌讳的话题，活着的人极少愿意正视死亡、谈论死亡。所以，很少有人会开口征求即将离世的亲人的意见，也很少发自内心尊重他们的意见。

可是，若能死在爱的人怀中，死在自己熟悉的地方，身边围绕的是这一生珍视的亲人好友，身上穿着的是自己选好的衣服，知道墓碑上自己的照片会是哪张，知道自己的追悼会将是什么样，肃穆庄严或者锣鼓喧天，都能按自己的选择操办。那么，我想，那样的死亡一定少了很多的恐惧。

死亡，的确是很多人都不想看到的，但告别却是每个人都不得不面对的，这就像是一个无解之题。死神和时间不会管你有多痛苦多不舍，告别的那一天一定会到来。

只愿，我们活着的每一天都能活得淋漓尽致，不惧怕死亡；

只愿，面对亲人离世时，能够尊重其意愿，让其以自己想要的方式过完余生，能够走得体面、从容、有尊严；

只愿，那些未曾表达的爱和情都最终说出了口，让自己不留遗憾地深情告别。

．
．
．

重要的是一个个过程，
你成为了怎样的人

．

．

追了两个多月的BBC Master Chef（厨神之战），今天终于看完了，虽然冠军并不是我很喜欢的Jack，但并不妨碍我感动到热泪盈眶。

宣布冠军前，主持人John对着进入决赛的三强——Jane、Billy和Jack，说："Along the way, you've laughed, you've cried, but it's been an extraordinary journey."（这一路，你们笑过，哭过，但是这是特别非凡的一段旅程。）

那一刻，我在他们三个人的脸上看到的全都是激动和喜悦。或许那一刻，已经无关谁是冠军。能一关一关地比下来，经历那么多考验，从数百个人中脱颖而出，站在决赛的舞台，这本身就代表了一种荣耀。

　　决赛这一集，他们三个人参加比赛的种种都在屏幕上回放，在享誉全英的餐厅跟着顶级厨师学做复杂的菜式，在皇家军舰上为两百多位海员提供午餐，在英国古老的剧院为一群表演艺术家提供晚餐，在墨西哥城的集贸市场为当地人提供墨西哥小吃，等等。一个个镜头，记录着他们这一路走来的艰辛和成长。

　　一路走来，他们认识了很多同样对烹饪怀有热忱的人，学到了曾经从没见识过的厨艺技巧，见到了那些英国甚至世界顶尖的厨师，得到了他们的反馈和赞赏，也感受了生命中从未有过甚至从未想过的体验。

　　他们比自己预期的要走得更远，经历得更多，这已经是一种巨大的收获，至于成败，变得没有那么重要。

　　我喜欢看这个节目，不是因为我对英国料理有多少兴趣，而是在于参加这个节目的人。面对竞争和比赛，不管是晋级还是被淘汰，不管是得了冠军还是获得了其他名次，每个人都那样真诚地表达着：这份经历太棒了！让我学到了很多，我真的非常享受这个过程!

02. 输赢真的那么重要吗?

对待人生,人一般可以分为两类,一类是过程论者,这一类人在乎经历,自己做得如何,过程中是否开心,是否有所收获和成长;另一类是结果论者,这类人不在乎过程如何,只要结果是自己想要的就行。

我恰好是前者,过程论者,一个从结果论者转换到过程论者的人。

学生时代,我不算是听话的学生,但绝对算得上是在乎分数和成绩的学生。心智未开化的自己,面对好的分数,总是欢呼雀跃。可是一旦没有考好,分数不够好看,便会难过自责很久,甚至把自己关在房间里不吃饭,对着试卷掉眼泪。

去年圣诞回国时,妈妈的一个好友想让我开导下她正在读高中的女儿。

为什么需要开导呢?因为这个孩子,跟我学生时代一模一样,糟糕的是,这个孩子身体不太好,所以她妈妈对她这样的状态非常担心。于是，我答应了。

小姑娘很高，白白净净的，扎着马尾，背着书包走进餐厅的包间，她看上去非常乖巧文静，一看便知是那种心思敏感细腻的孩子。

随意跟她聊了几句后，我拿起手中的筷子对她说："你看这根筷子，学生时代大概就是这么长，差不多筷子的十分之一。整个高中时代，数不清的考试，考试分数呢，就是这十分之一中很小很小的一个点，就算你一两次没有考好，哪怕高考都没有考好，你觉得你这一生会因为这一点就毁了吗？"

小姑娘看着我，我看到她眼里有眼泪，知道她明白了我的话。于是继续说："其实重要的并不是分数，而是你在学习这个过程中收获了什么，以及你是否培养出了自己认真、细心、努力、有意志力、有自律性这些优点、能力，另外身体健康远远比分数重要太多。"小姑娘听了不住地点头。

时隔两个多月的一天，我在公众号后台，收到她很长一段留言，告诉我她现在面对分数越来越坦然，再也没有像以前那样考不好就不吃饭生闷气，告诉我她现在心态越来越好了，她还告诉我，在当初听到我那段以筷子为比喻的话时，她觉得第一次有人把话说到了她的心里，她拼命忍着眼泪不想让我看见。

那段留言，让我对她状态变好感到欣慰的同时，又觉得有些心酸。

生活在中国这片土地上的我们，从小受到的教育都是——要赢，要成功，要优秀，却从来没有谁来告诉我们：孩子，只要你热爱这件事，享受这个过程就好，输赢，都没有关系。

我能够理解这样的教育，因为在一个960万平方公里、有着14亿人口的国家，资源总是有限的，所以人们总是忍不住会去争抢，要去拼输赢，以便为自己争得更多资源。

可是，这样真的快乐吗？当全社会的舆论都在鼓吹"人生赢家""赢就是一切，输了什么都不是"的时候，我们真的快乐吗？

古人所提倡的仁爱、礼义、君子、修养，古人所倡导的沐浴焚香、抚琴赏菊这些，似乎真的一点一点被我们遗忘了，我们记得的，就是要赢，要买更大的房子，要有更多钱，要开更好的车子，要比别人过得更好。

人是需要有一种积极进取、向上的精神，可是在这个飞速发展的时代，我们总要在勇猛精进和不急不躁之间，找到一种平衡，不是吗？

03. 重要的是过程中所收获的

看到与我关系甚好的高中英语老师的孩子，也是我的一个学弟，在朋友圈发了一段话："想找个人抱头痛哭，骂骂自己是个废物，讲讲内心的惶恐和无奈。"一时不知他出了什么事，我赶紧给他发微信。

然后得知，他有几门课要期末考试了，而且他月底又要考托福，他选择放弃保送到清华、北大读研的名额，孤注一掷申请去美国留学。

隔着屏幕，我都能感受到他的压力和挣扎，他反复跟我强调他一定要拿到高的GPA，托福一定要过线，他一定要申请上麻省理工或者哈佛。

我问他，如果GPA不高，如果托福没有过，如果留在清华读研，这一生难道就被毁了吗？

他被我问得愣住了，隔了一会儿说："这可说不好，要是间断一年的话，我说不定也就必须工作了，如果出不去肯定很麻烦。"

我欣赏他有梦想，有追求，可是他不知道，凡事都不能过于执著，盯着那个结果，越想要，可能越得不到，因为心态会乱，步调会乱，人在重压之下，心理和身体都容易出现疾病。

他说姐姐你当年不也是吃了很多苦才有今天吗，毕竟都熬过来了。

或许，正是到了今天，我才觉得，真正重要的其实并不是结果，而是那个过程中你所收获的东西。

你在追求的过程中积累出来的坚强、独立、勇气、果敢、毅力，这些品质才是更重要的，因为它会伴随你一生。

这近乎成为一种信念：我享受磨炼、成长的过程，因为这个过程在慢慢地让我变得更自信，更喜欢自己，也更快乐，至于结果，尽力而为做好该做的，剩下的一切就顺其自然。

04. 生活有越来越多的乐趣

初来英国时，很多刚认识的英国朋友都会问我："Are you enjoy staying here?"（你享受在这儿的生活吗？）

I dare to live the way I want to

我敢活成自己想要的样子

—— // ∧ \\ ——

后来，我发现英国人很喜欢用enjoy这个词，是否enjoy这顿晚餐，是否enjoy森林徒步，是否enjoy正在学习的课程，是否enjoy外出的旅行。

慢慢的，我发现我越来越关注很多以前我拼命往前走而忽视掉的东西。

我不再以赚到多少钱为目标，而是很享受工作带给我的成就感，思考我的知识技能是否为别人创造了价值；

我不再以感情中对方如何深爱我、为我付出作为婚姻成功的标准，而是享受恋爱和婚姻带给我对于人性和生活更深的理解，关注我在婚姻中的成长，以及我是否让我的爱人觉得幸福开心；

我不再以考到这个或者那个证书为目标，而是去享受学习这个过程，关注学到的新知识带给我的进步；

我不再以体重计上的数字为健身的目标，而是享受每天健身的乐趣，看看自己能坚持多久，做到什么程度；

我也不再以去多少国家、走过多少地方作为追求，而是享受每一次旅行过程中外部世界和内心世界产生的微妙互动，去了解不同的文化，拓宽自己的视野。

就如Master Chef中，Jane所说："I'm not defined by things happen to me, even the past, but I'm defined by what I can achieve, what I can do."（我不是被发生在我的身上的事情所定义的，而是被那些我努力达到的，可以做到的事情定义的。）

人生的确有许多艰难不易的时刻，要经受诸多的考验，一味盯着目标，容易活得很被动，不如主动去享受那些时刻，从考验中感受成长。

如此这般，会发觉自己的心态越来越平和，有越来越多的乐趣。

那时候，也就会明白，人活在世上，不是为了输赢，也不是为了尽头的那个目标，而是在这个过程中，自己成为了什么样的人。

回声中绽放的是时间的玫瑰

2013年1月1日的时候，我在有着"永恒之城"称号的罗马，吃着意大利冰淇淋、千层面和比萨跨年，还去了许愿池，扔了一枚硬币许愿。

2014年1月1日的时候，我坐在北京飞往长沙的飞机上，望着云海，想着硕士毕业论文、工作等事情，思绪游离。

2015年1月1日的时候，我在英国根西岛的家里，煮了盘自己包的猪肉芹菜饺子，边吃边感叹"自己动手丰衣足食"的好处，同时心痛前一天误飞机浪费的200镑。

2016年1月1日的时候，我和J先生面对面坐在香港的池记餐厅，喝着喷香的蟹黄粥，吃着Q弹的鲜虾云吞面，将店家给的优惠券分送给邻桌的人，庆祝元旦和结婚。

一年365天，大多数的日子过去后，在脑海里都是一片混沌。但是，我却如此喜欢每年1月1日这个日子，它是一个符号，代表新的开始。而我总是对这个新的开始感到振奋，如打鸡血一般，有种摩拳擦掌要奔向更好新生活的激动。然而，日历也在提醒我，年复一年，光阴又流走了一大截。

每一年，我都会问自己，这一年付出了什么，又收获了什么。

从20岁开始，就觉得时间像被谁上了加速器一般，不听任何人的挽留，拼命向前走。

18岁参加成人仪式的时候，明明觉得25岁还很遥远，毕竟7年在一个不谙世事的女孩眼里，是那样漫长的一段岁月。

可是时光飞逝，转眼之间，我已经过了25岁，站在了以2开头的年纪的尾巴上。

18岁，在经历了盛夏的高考失利后，我拿着一张三本大学的通知书，带着不甘和无奈去了一所从未想过的大学，学了从未想过的日语专业。

19岁，过得并不是很快乐。在大学一年的散漫和迷茫后，慢慢开始找寻自己人生的方向，却还是看不清时光要将我引向何方。

20岁，真正开始第一段大学恋爱，所有青春赋予的热烈都在那段恋爱中展现得淋漓尽致。一起争吵和欢笑，幻想天长地久、白头偕老，却不知道时光在暗处悄悄摇头叹息。

21岁，接受失恋的苦痛，将时间交付给陌生的考研资料和那个简陋的考研教室。向往着北方那所理想的大学，所有难过都埋藏，只给自己一段沉默努力的时光。

22岁，在江南旅行的途中，得知被北外的研究生院录取。那张录取通知书给我的大学生活画了一个完满的句号。没有狂喜，没有欢呼，慢慢沉淀下来，看清楚时光的用心良苦。

23岁，独自来到北京，开始读研的生活。新的专业，新的环境，我终于可以挥手对过去说声再见。这座偌大的城市，裹挟着我初来乍到的迷茫，孤独的努力和内心的呐喊，我暗自期待着时光将我带去更远的地方。

24岁，通过考试和培训，我去匈牙利实习工作，没有身边任何熟悉的人和事，只有一个人的工作和生活。利用假期合理安排，将一个个心心念念的地方都游过。看了很多美景，写了很多文字，然后实习结束打道回国。

25岁，出版了第一本书，通过了硕士毕业论文答辩，邀请父母来北京参加毕业典礼。少年时期的三个梦想，环游欧洲、考上北外和出版自己的书，终于全部得以实现。离开象牙塔，发现陷入新的迷茫。于是决心再出国去磨砺自己，在一系列严格的面试、考试和培训后，我来到了英国根西岛。

26岁，重新训练自己融入陌生的环境，接触陌生的人群。经闺蜜介绍，意外地认识了在加拿大的J先生。他来英国，我去加拿大，几番来回双方便已确定对方是那个可以携手一生的人。他求婚，我答应。没有互相试探博弈，没有欺瞒背叛，没有家长的阻挠，爱情水到渠成进入婚姻，在我27岁生日那天我们领取了结婚证。

八年的时间，我由一个早熟的少女慢慢长成一个轻熟的女人。而生活和时间，是我最好的两位老师。

生活将我的玻璃心打破，让我一次次面对幻想破灭的窘境，它告诉我生活就是生活，没有多好，也没有多坏，如果你够聪明够智慧，那么就能挖掘到坏的那面下隐藏的礼物，通常那份礼物是对某件事的大彻大悟，或是有益的经验教训。

时间则让我在不同的阶段，接受不同的考验，就像打升级通关游戏一样。不同的阶段，每个人有不同的需要，所以需要接受相应的训练，这样才有长进。每个时间段，我们势必做出一些选择，得到一些，失去一些，得到的才是最好的，得不到的，谁都不知道其真正面目如何。

八年的时间，我都不在父母身边，一年一次或者两次的见面，发现皱纹和白发都在他们的眉头和两鬓生长，衰老是那样真实且迅速地发生在他们身上。

他们渐渐弄不懂这个日新月异的时代，不知道如何用支付宝、滴滴打车、微信红包等这些在年轻人看来极其简单的东西，不知道在他们看来非常自然的结婚、生子和工作如何成为了年轻人最头疼的问题。

我们没有参与父母年轻的时代，只能通过老旧的照片和有些模糊的故事去了解他们的过去；父母参与了我们年轻的时代，却战战兢兢地被社会裹挟进一波又一波的改革和发展中。所以龙应台的那段话，说到了无数年轻人的心槛里——我慢慢地，慢慢地了解到，所谓父女母子一场，只不过意味着，你和他的缘分就是今生不断地目送他的背影渐行渐远。你站在小路的这一端，看着他逐渐消失在小路转弯的地方，而且，他用背影告诉你：不必追。

这一切，无能为力却又像是命中注定。

八年的时间，有些人变成了情深意重的朋友，有些人变成了牛逼的对手，有些人成为了相互鼓励共同前行的伙伴，有些人如突然飘来的一片云，化成雨后便消散。

我开始明白人性的复杂，任何关系都经不起考验，在利益面前友情太容易变形、消沉和离散，就如生老病死那般自然。

你不能因此责怪对方，因为彼时自己可能会做出同样的选择。于是，慢慢就懂了一切情谊皆随缘，谁都不再轻易地得罪某个朋友，谁也都不再固执地要和谁做一辈子的好朋友，时间会帮你筛选，谁离开谁留下。

若想和更强大的人做朋友，还得首先提升自己达到对方的高度。所以，还有那么几个见证了彼此一路成长、推心置腹的朋友，没有被时光洪流冲散，还能留在身边，就已是人生之大幸，须且行且珍惜。

八年的时间，从了解爱情到进入婚姻，再也不会如年少无知时那样把爱情当信仰。世界这么大，爱情并不是全部，看到那些二十出头的人把爱情当成全世界，爱得要死要活，也不会再劝慰，因为总有一天她/他会明白，人唯有懂得自爱，才会被爱和懂得爱人。

爱情不欢迎寄生，也不欢迎挥霍。把爱情和婚姻当成自身全部价值的想法，是许多人活得不幸的真正原因。

做个独立的人，懂得给对方自由和尊重，同时对关系有所克制，保持一定的距离，对对方所有的付出从心里感恩，这样的关系才会长久。

同时，爱上一个人的优点，便意味着同样接受这个人的缺点。世人都有脆弱、挣扎和不堪的一面，爱人也不例外。我们都不必把婚姻幻想得多么美好，它是一种制度，并不是爱情天长地久的保证。

残酷的事实告诉我们，爱情的保质期支撑不起天长地久白头偕老的愿望。但是，相处中渐生的智慧和包容、默契和信任，却能够让婚姻走得更久、更远。

有些人可以接受得过且过的生活，只要过得安逸便别无他求；

有些人愿意一生随遇而安，碰到什么是什么，遇到机会便抓住，遇不到也不强求；

有些人追求这一世活得潇洒不羁、丰富多彩，只求将自我价值最大化……

这个世间，不同的人选择不同的生活。无论哪种生活方式，都值得尊重，而不是评判。一个人若在时间的推进中，始终都能知道自己要什么，坚持的是什么，那真是件了不起的事情。

一个人的一生，按活80岁计算，能有10个8年。一个又一个的8年，不断打磨着在尘世行走的我们，有的人在这样的打磨中光彩焕发，有的人则失去棱角和原则，有的人则被泯灭在芸芸众生之中。

这样的区别，大抵是因为不同的人，用不同的方式，选择了如何度过那8年，所以得到不同的结果。

愿8年后，父母依然身体健朗，我有更多时间陪伴左右；愿我有更质感的小黑裙和更舒适的运动装，游刃有余地去高级宴会和街边的大排档；愿我仍有交心、勇敢且真挚的朋友，也有厉害、聪明且牛逼的对手；愿我和先生依然不忘初心，深情相拥，携手游历更多的地方；愿我葆有真实和智慧，不忘信念和追求。

世间没有完美的居住之地

01. 好与坏的搭配

来英国之前，我并不知道天气对人会有这么大的影响。

每次看天气预报，十有八九都忍不住叹气。衣橱里的裙子就那样静静地挂着，新买的夏装一次都没有穿过。出门想放下扎着的马尾，都得先看看当天的风力是几级。

电话里，J先生说加拿大已经热得他快要中暑；微信上，老姐说上海的黄梅天难受得要死；朋友圈里，同学说马拉维的天气让她分分钟都想逃离……似乎，没有一个地方的天气让人满意。

前几天受邀去一个忘年交朋友家吃晚饭，席间，大家开始讨论脱欧、难民潮、社会福利、税收等一系列的事情。

她的英国老公谈起了根西岛和英格兰社会黑暗的一面，这些都是非当地人很难了解到的。

那些黑暗，就像张爱玲描述的华丽袍子，一掀开，千疮百孔，爬满了虱子。

那个晚上的谈话，让我更加确信了一点：人性都是一样的，不分国家、种族和肤色，每个国家和社会都存在着它的问题。

这两年，我在根西岛拍了很多照片，有时候会发喜欢的照片跟人分享。

照片中的风景常常能被若干人羡慕，其中不乏人说还是生活在国外好。

听完只能苦笑，不知如何开口说起那些漫长的阴雨日子里，万物阴沉缺乏生机的感觉。

我一个同事的儿子大学毕业后，从伦敦回到根西岛，找了份工作。没多久，就开始有些消沉，周末常常躺在床上不愿起来。

同事问他为什么，他回答说因为没有什么事情让他有想从床上起来的动力。

不到半年，他就已经辞职，搬到巴塞罗那去工作生活。

加之岛上没有大学，物价和房价都十分昂贵，所以，此地年轻人很少，大部分都是有家庭的中年人，或者退休的老年人。这样的环境，孕育了根西岛人闭塞、保守的思想，他们不愿意改变，不愿接受外来文化和事物。

太多太多的日子，海风呼啸，大雨瓢泼或细雨绵绵，见不到阳光，也没有蓝天，出门去上班常常被淋得湿透。朋友调侃说为什么英国出了那么多文学家，因为这破天气啥也干不了，只能窝在家里看书思考。

听起来，根西岛似乎真的挺无趣的。但同时，这个英吉利海峡上的小岛是皇家属地，有着旷世绝美的风景、清新无污染的空气、悠闲的慢生活节奏、良好的治安和极低的犯罪率。

只可惜，好与坏，就像西餐桌上的刀叉，总是需要搭配着使用。

02. 没有完美的居住之地

那天，看着日历，我恍神想到这五六年来生活过的地方，真难说上来到底哪个好，哪个不好。

国内有国内的温暖、便利，有家人和朋友陪伴在身边的幸福，但是食品安全、雾霾、教育、社会风气等仍存在很多问题；

国外有国外的自由、自在，可以拥有很大的物理空间和心理空间，但是异乡始终是异乡，远离故土、亲人和朋友，难以找到心理和文化上的归属感；

大城市有大城市的精彩、丰富，有足够多的机会和平台，但是拥挤的交通、污染的空气、难以承担的房价也是实实在在的存在；

小城市有小城市的安稳、闲适，但是人际关系复杂，周围人对隐私毫无避讳地刺探，公共设施不健全，也是难以回避的尴尬。

这个世间，有没有一个百分百能让人满意的地方呢？

答案大概是没有。

豆瓣上有个小组叫走遍欧洲，里面有无数向往欧洲的年轻人。我曾经也是其中一个。

在匈牙利工作生活的那一年，我游历了13个国家，40多个地方后，开始更客观地看待欧洲。

在巴塞罗那，同行的女孩拿着手机在西班牙广场兴高采烈拍照之时，一个东欧人硬生生将手机从她手里抢走；

在阿姆斯特丹，女王节那天无数人在这座城市狂欢，城市中心的广场，啤酒瓶、易拉罐、香烟头等，满地都是；

在柏林，正好赶上足球赛，一大群喝得醉醺醺的德国人在球赛结束后，成群结队地在街上地铁里乱喊乱叫，甚至还有人乱扔啤酒瓶，大批的警察拿着电棒在地铁里巡视；

在罗马，时时刻刻都要提防小偷，住同一个旅馆的留学生到达当天就被偷了钱包和护照……

朋友的老公说欧洲正在走向没落，居高不下的失业率、颓靡的经济、严苛的赋税、难民的涌入，等等，这一切都是欧洲真实的一面。可是，这一面一定不会出现在旅游攻略和照片中。

一个朋友的朋友是台湾女人，嫁了根西岛的一个男人，便留了下来，有了孩子。

这个台湾女人心里有个加拿大梦，她看过很多加拿大的风光宣传片和照片，从小就很向往生活在加拿大，觉得加拿大什么都好。

人到中年，她辞去了有着优渥薪水的会计师工作，怂恿老公也辞了职，卖了房子，带着孩子举家迁往加拿大。

结果，等待她的是梦的幻灭。待了两年都没有找到工作，老公去了IT公司，每天加班到很晚，身体变得很差，孩子无法融入北美校园，在学校被人欺负，结果外向开朗的孩子变得有些自闭，不爱跟人说话，害怕肢体接触。

这个台湾女人后悔莫及，一次次找我朋友诉苦，最近起了搬回根西岛的念头。

"乌托邦"听起来是让人肾上腺素增加的词语，但那只是人们美好的幻想，它或许会像桃花源一样出现在你的梦里，却并不存在在这个实打实的世界里。

这个世间，没有完美的人，必然也没有完美的居住之地。

那种以为到了某个国家、某个城市生活就一定会特别幸福快乐的想法，是经不起现实的推敲和打磨的，迟早会让人失望。

或许有人觉得我语调悲观，过于消极。

其实恰恰相反，正是因为我见到了那些美丽风景背后的一面，才学会了客观和释然，才会知道生活的地方固然重要，但更重要的是——对居住地有一个客观的认识，持有适应不同环境的良好心态，有一种无论在哪儿都能把生活过好的能力。

世界的模样，取决于你凝视的角度，选择在任何一个地方生活，都会有得有失。

居住之地，就像溪水，日积月累，溪水中的鹅卵石总会被冲刷得或圆润，或充满光泽，或毫无特色。

我很相信，一个国家、一个城市的确是会赋予人不一样的气质、谈吐和见识，但是不能妄想有完美的国家或城市，能满足你所有的需求。它有阳光的一面，也必会有灰暗的一面。

幸福、满足与否只是取决于自己想要什么样的生活。

03. 随遇而安

再过十天，我就要搬到加拿大去了。这将是继匈牙利、英国后，我将在国外居住生活的第三个国家。

面对将要开始的新生活，我曾有过焦虑，也有过担心。不过，庆幸最后我已平静坦然。因为过往的经历提醒我：在任何一个地方生活，都有好和不好的一面，不管在哪儿生活，只要用心，就会舒心，只要努力，都会有收获，有长进。

我将生活的城市叫Kingston（金斯顿），在加拿大东部，五大湖附近，离多伦多有三个小时的车程。

我知道，这个城市，不会让我百分百满意，但是这都没有关系。

因为我明白自己想要什么样的生活，不会被别人的言论左右，也不会被表象所蛊惑。

其实，最好的状态便是随遇而安，跟随命运的指引去到那里，去完成人生修行需要学习的功课。

我非常佩服一种人，那就是能够随遇而安的人。无论在哪儿，他都能过出自己的精彩，获得他想要的进步和成长，不抱怨，不后悔，只是顺其自然地前行，踏踏实实地走出一条属于自己的路。因为真正厉害的人，并不是拿到好牌的人，而是能够打出一手好牌，也知道何时该离开牌桌的人。

Mullen是我心里一直很尊敬的姐姐。她在德国的不同城市生活了近十年，后来嫁了个瑞士老公，在苏黎世又生活了几年。后来，老公到中国发展事业，她也跟着回了北京，在北京生活了两年，再后来又去了上海。

这些年，她兜兜转转，改变了生活的地点，却从来没有改变她对于生活的热爱。

上善若水，她就如水一样灵动，去到哪儿，就在哪儿活出自己的快乐。她算不上是大美女，但是眼波流转间的神韵让人看她一眼便念念不忘。

那股神韵，是她生活的不同国家、城市和经历赋予她的，独一无二，也是最宝贵的。

Part 4
臻 爱

我 敢 活 成 自 己 想 要 的 样 子

—— // 人 \\ ——

I dare to live the way I want to

不管是穿越迷宫般的丛林，

还是跋涉遥远的路径，

又或者只是在繁华的都市穿行，

我们都会体会到经由爱而不断成长的意义，

最后变成更好的自己。

愿漫长岁月，
不移真心

一直很喜欢看亦舒的书。

她笔下的亦舒女郎，大多独立、漂亮、努力、坚强、有个性、有魅力。

印象最深的是一位亦舒女郎说过的一段话："我独个儿生活了那么久，一肩膀撑住了许多的事，好的坏的总是自己应付，再也想不到会有人来助我一臂之力。你的出现令我几乎精神崩溃，我禁不住这样的高兴，大哭好几场，或者我不应该如此说，但我知道你不会看轻我。"

或许对这段话记忆如此深刻，是因为它透露了我内心深处的某种潜意识，某种渴望。

有句话这样说道——当你真心渴望某样东西时，全宇宙都会帮助你。

不知道是不是这样的渴望隐秘地持续了很多年，宇宙终于收到了我的信号。

我和J先生就像两颗距离遥远的星球，独自运转了那么多年后，终于轨迹重叠，共同运转。

好友问："你太不够意思了，谈恋爱了都不告诉我们一声，什么时候谈的啊？"

我想了想，发现给不出一个确切答案。

爱情，它是什么时候发生的呢？

我真的不知道，但是和J先生的爱情的确就这样发生了，就像 *Love happens*（《爱不胜防》）里说的：It just happened.

很多人都遇到过这样的问题：你喜欢什么样的人？

不同的年纪阶段，或许有不同的答案。

中学时，喜欢篮球打得好、颜值很高、有点拽、成绩好的男生。

大学时，喜欢优秀、高大帅气、有才华又浪漫的男生。

经历的两段失败恋爱，让我开始意识到帅气、优秀、才华、浪漫、有钱、有颜那些字眼都不足以换来"执子之手、与子偕老"的美好。

再后来，遇到这样的问题，我的答案变成：喜欢有责任感、性格脾气好、有上进心、实在、孝顺、有能力、大方、和我聊得来，有相近三观、有共同兴趣爱好的男生，如果个子高、长得帅就算是附加分，额外的惊喜。

朋友们听完后，不约而同地说："亲爱的！你这要求有点高啊！"

我睁大眼睛，心想："高吗？"但是他们的语气和神情应该说明了答案。

于是再后来，我就不再回答这样的问题了。

当身边越来越多的人恋爱、结婚和生子，看着别人家的欢乐和幸福，我也怀疑过是不是真的要求太高了，是不是应该少些要求多给别人一些机会，

因为坐在一万米高空望着云海发呆飞行二十几个小时时，拼命工作到半夜时，生病独自去医院打针时，一个人站在伦敦桥上看夜景下生日愿望时，看着一对对牵手走在根西岛海边的夫妻时……

我觉得自己会一直这样孤独下去。

直到有天看了一篇文章《长大后，我们终于成了自己想嫁的男人》，看得我内心百转千折，结尾的几段话更是让我泪流满面。"是的，你心里还是渴望恋爱的。但不是因为你一个人过得不好，而是你想把你发现的世界上所有的新奇和美丽与一个能理解你的人分享。因为一个真正成熟、睿智、内心强大的男人会知

道，和你在一起的一生，会是高尚的、纯粹的、脱离了低级趣味的一生。你还是会继续对世界好奇、继续努力，你会成为他物质上、生活上、精神上最好的朋友，你们将是灵魂上的双胞胎。毕竟，在遇到他之前，你已经很努力，很努力地走过了一段属于你自己的路，成了你最想嫁的男人。"

那一刻，我觉得最想嫁的男人出现不出现都是那么回事儿了，因为我已经成为了那个人。

我把文章分享给了妈妈，然后发微信说："妈妈，也许我会一直单身下去了，如果我以后真的没能结婚，希望你别怪我，只是希望你能有点心理准备。"

妈妈云淡风轻地回复了我一句话："顺其自然，缘分来的时候挡都挡不住。"

某天早晨醒来，看微信，看到闺蜜H唰唰唰发了很多条语音给我，另附带了J先生的名片。

和J先生第一次聊天时，知道他想吃油焖大虾，某天刚好我做了大虾还拍了照，鬼使神差给他发了照片过去，那时加拿大凌晨三点多，J先生因为通宵画图，饿得饥肠辘辘。

某天我心情不好，J先生刚好给我打电话，安慰我低落的情绪，跟我说他以前在英国留学时的生活，听我说一些乱七八糟的故事，还不忘跟我贫嘴逗开心。挂上电话后，他发微信说："一个人在国外有好有坏，不用太烦恼，孤独也会使人成熟。"

　　某天我因为旅行订火车票的事问他，他放下手里忙着的所有事，同步开着网页一点点教我，不厌其烦帮我查各种信息，末了还让我别跟他客气，有什么问题尽管问。

　　某天开始我们习惯每天打电话或者视频至少两个小时，话题好像聊不完，共鸣点越来越多，发现我们都很喜欢旅游和摄影，父母教育方式都极其相似。

　　某天我在伦敦时J先生告诉我，他已经开始办签证要来英国看我。原本他是打算圣诞节来，后来改到暑假，再后来就改成了尽快。

　　某天一个人在英格兰旅游时，我收到J先生发来的地图，上面用红笔标注了很详细的路线，还有十分细心的备注与叮嘱，那一趟旅行每到一处我都收到了他发来的地图。

　　某天他告诉我假请好了签证下来了机票也买好了。我开始去选礼物，去超市买几大袋食物放冰箱，还买了肉馅和面粉，准备和面包饺子，然后花了一个晚上的时间包了七十二个饺子，冻在冰箱里等着J先生来的时候煮给他吃；开始在手机备忘录写菜谱和去玩的地方，列出要做给J先生吃的菜，要带他去看的地方。

　　某天他开车、飞行、坐coach换机场加转机折腾了快24个小时，最后终于到了根西岛机场，我却因为没赶上车迟到了二十分钟，他告诉我没关系，别着急。见到那一刻他笑着拥抱我，我说着"sorry，我迟到了"，他说着"见到了你比什么都重要"。

Part 4

臻爱

— ∥ ∧ ∖ —

某天闺蜜H看着我和J先生的合影，说："我知道你俩合适，但是没想到你俩这么合适，你们就应该是一对。"

某天……

我不知道从哪一天开始，渐渐地喜欢听J先生说话时浓重的北京口音，喜欢听他爽朗的笑声，喜欢看他真诚的笑脸。

我不知道从哪一天开始，习惯跟他分享生活中所有的快乐和美好，也不害怕向他袒露我的脆弱和心事。

我不知道从哪一天开始，我们拥有了越来越多的默契和信任，一点一点走进彼此心里，即使我们隔着大西洋的距离和五个小时的时差。

我也不知道从哪一天开始，我们慢慢成为了彼此生命中非常重要的一部分，得到了父母和朋友诸多的祝福。

庆山的《眠空》里写道："真正的爱，一定相联着喜欢、笃实、明朗、饱满。真正的爱不可能使对方痛苦，也不会让自己痛苦。那些使我们痛苦并因此想让对方也同样痛苦的关系，与爱无关。"

在和J先生相处的一点一滴中，我第一次体会且懂得了那段话的含义，第一次知道原来真的会有男人因为爱我可以做到那般毫不计较、心甘情愿地付出，付出真心、诚意、时间、精力和金钱。

在他从大行李箱中拿出送给我的礼物，首饰、电子产品、用的、吃的堆满一地后，行李箱空了一半时；

在我下课回家躺在沙发上累得睡着，醒来后看到身上盖着他的衣服，桌上摆着他做好的香气四溢的咖喱牛肉和醋熘豆芽时；

在逛超市买了几大袋东西，他刷卡付钱后，坚持一手提着购物袋，一手牵着我时；

在我和妈妈因为小事起争执，他给我妈妈发微信替我道歉，安慰她，让她别生气时；

在出去游玩，他拿着最好的人像镜头对着我不停按快门，架着三脚架拍我们在海边看日落的合影时；

在我吃饭不小心把汤弄到衣服上，他让我换下来，然后把我的脏衣服给洗了晾好时；

……

在很多个和J先生相处的时刻，我都不自觉想起开头写到的亦舒女郎说的那段话，内心感恩不已。

有天我看着这个工科男开玩笑说："我上辈子拯救了疯人院，你拯救了银河系。"

结果那天晚上一起看电影，随意一选就选了*Guardians of the Galaxy*（《银河护卫队》），J先生突然很认真地对我说："我上辈子真的是拯救了银河系，这辈子才能遇到这么好的你，我会努力把你娶回家的。"

那一刻，我看着他的眼睛，看着他高高的个子，觉得他特别帅气，额外惊喜都有了。

我们都不知道这段我们认为"上辈子拯救了银河系"的爱情究竟是什么时候发生的，但是我们都知道，我们为迎接彼此已做了漫长的准备。

　　我们都经历过年少轻狂时的失恋，而后多次的反省，才开始懂得包容、尊重和理解的重要性；

　　我们都有过数次独自一人的旅行，而后才懂得世间美好的风景要有人分享才更美丽；

　　我们都忍耐过孤身一人在异国生活工作的寂寞，而后才懂得如何与自己相处，平衡内心和外部世界的联结。

　　我们都承担过生活给予的冷漠、挫折和失败，而后才懂得感恩和真情的可贵。

　　J先生回加拿大后，有次我起床后收到他在我睡觉时发的微信："我很感激你走进了我的生活里，更走进了我的心里。我十分爱你，珍惜我们之间的爱情。缘分可能就是这么有趣，你求它时它不来，当你认真过好你生活的时候，它会悄然来到你的身旁。我已等待这个时刻等待了很久，我会牢牢抓住这份上天赐予的缘分，好好爱你，珍惜你。"

　　而我，又何尝不是，等待了许久。

　　有部英文短片中说："Good things come to those who wait."那样的等待是值得的，因为在等待中，我们都真切地看着自己在一点点成为更好的人。

等待也让我明白，我想要的尘世的幸福，就是抛弃所有的虚无缥缈，两个人在一起经历生活，努力工作，照顾关心彼此，不回避问题，不逃避责任，对拥有这般踏实、安心的感情充满感恩。

幸福来得晚一些，什么时候来，那都没有关系，只要那幸福是真的。

有一天，当我们遇见真爱就会明白，曾经经历过的人渣也好，伤心和眼泪也罢，只是让我们学会懂得独立和自爱，也懂得包容、理解和成全。

那些一个人经历过的孤独和奋斗，委屈和痛苦都是在磨砺我们成为更好的人，从而遇到更好的人。所以，相信自己内在的力量，相信自己值得被爱，相信一切都是最好的安排。

愿漫长岁月，情深似海，不忘初心，不移真心。

·
·
·

万一有来生，
我仍然愿意共同度过

·

·

七月的英国，天气阴沉沉地似回到了冬天。

窗外的天空，灰白一片，像一块大海绵，吸收着夏天的热情。

吃过早餐，我便慵懒地躺在暗红色的大沙发中看书，看安德烈·高兹的《致D》。

看这本书前，我只听说过它关于爱情，感动了许多人。

阅读过程中，书中很多字句，都戳到了我心里最柔软的部分。

直到看到最后那一段的几句话——我们都不愿意在对方去了以后，一个人继续孤独地活下去，我们经常对彼此说：万一有来生，我们仍然愿意共同度过。

刹那间，我就想到了父亲和母亲，还有J先生，情不自禁热泪盈眶。

想起去年的夏天，一个褪去了热气终于有点儿凉爽的傍晚，我陪母亲散步，聊天。

"如果没有老爸的话，你觉得你能活下去吗？"我问。

"可以啊，但是没有你，我肯定就活不下去。"母亲答。

我听后心里一紧，于是赶紧说："放心啦，我会活得好好的。不过你看，老爸那么依赖你，如果没有你的话，他肯定活不下去。"

母亲听后，什么都没说，只是哈哈笑了几声。

事隔一年多，我想起和母亲的这段对话，觉得非常酸楚。

就像以前看杨绛先生写的《我们仨》，"一九九七年，阿瑗去世。一九九八年岁末，锺书去世。我三人就此失散了。就这么轻易失散了。'世间好物不坚牢，彩云易散琉璃脆'。现在只剩下了我一人。"

那一句"现在只剩下了我一人"让人看了好不心酸。

人生的各种起伏岁月，有丈夫、女儿一路陪伴，纵使荆棘满布也能欢歌笑语。

可是，当身边至为重要的两个人，接连着消失不见，那样庞大的失去，让一个白发苍苍的老人承受，看了多少都觉得痛心。

《致D》中，要面对失去的是高兹，他写道："归根到底，只有一件事对我来说是最主要的，那就是和你在一起。你才是最根本的所在，其余的一切，无论你在的时候在我看来有多么重要，可你一旦不在，就失去了意义和重要性。"

人真的是很奇特的生物，渴望爱和被爱的心理永远无关国籍、种族、年龄和性别。

解释清楚我们为什么要爱，为什么希望被某一个人爱而把其他人排除在外，却几乎是不可能的。

看《阿凡达》时，最触动我的不是那些恢弘的场景，而是两个人将头发进行连接时发生的奇妙反应。

生活中，人与人有很多种联结，因为工作，因为利益，因为爱，等等。

唯有因为爱，是最难让人割舍和放下的，而且随着时间的绵延，爱会融入骨血，成为不可分割的一部分。

前天和母亲打电话，母亲说："我和你爸爸谈恋爱加结婚，到今年为止就三十年了。"

我不知道三十年的感情，在母亲心中究竟是一种怎样的分量，但是我相信杨绛先生写的那句话——陪他走得愈远，愈怕他从此消失不见。

爱一个人，是一定有怕的，不管内心多么独立和强大的人，害怕是一定存在的。

每次父亲回到家，第一件事就是喊"老婆"，如果母亲没答应，父亲就会逐个房间找，一边找一边喊，有时候还要说几句："嘿，还真是调皮啊，躲在哪里，赶快出来。"

有次我坐在沙发上，父亲回来第一句话就是如往常一样呼唤母亲，母亲在厨房忙活，故意没作声。

见没人答应，父亲才意识到我的存在，转头问我："园园，你妈妈呢？"

那个场景，给我留下了很深刻的印象。

我甚至不敢想，如果有天，当这个问题的答案变成唯一不变的答案时，父亲要怎样承受，我又该怎样面对。

母亲和父亲是经人介绍相亲认识的，认识的第二天，父亲就带薪去学校进修了。

他们谈了两年多的异地恋，然后结婚。

有次在电话里和父亲谈起和J先生异国的一些苦恼，父亲对我说："你要多理解他，相思是很苦的。男人不是水泥做的，没你想的那么有安全感，也会有脆弱的时候。"

我想，父亲之所以会说出这段话，应该是年轻时和母亲谈恋爱尝尽了相思之苦吧。

他们恋爱的那个年代，没有手机，没有电脑，所有的联络都只能靠通信。

父亲每周回来看母亲一次，每次回来都会把母亲所有的衣服洗得干干净净。

直到今日，家里的衣服都是父亲洗，他不喜欢用洗衣机，总觉得手洗更干净，衣服不会变形，所以家里的衣服都是手洗，

父亲经常一边洗衣服一边拿母亲开涮："我上辈子是欠了你的，这辈子给你当牛做马，给你洗了一辈子的衣服。"

我每次听到父亲那样说都想笑，因为听了很多年，而父亲依旧乐此不疲地每天洗衣服，每天唠叨这句话。

异国的日子，我和J先生经常挂着耳机打电话，然后各自做自己的事情，想起什么就会说一句，做完事情了就停下来聊一聊，或者视频。

朋友知道我们一天联系的时间至少五六个小时后，都惊呆了。

而我和J先生把这当成了一件自然而然的事情，我们都希望给予对方最多的陪伴，同时也给予对方信任和空间。

有次我心血来潮问他："你怎么对我那么好啊？"

"我上辈子欠了你的呗。"J先生一边说一边发照片给我，他在给我买衣服，问我更喜欢哪个颜色。

那句话，我听父亲对母亲说了很多次。而当我第一次听到心爱的男人这么说时，竟一时不知如何回答。

因为时差，J先生习惯在我睡觉时给我发消息或者偶尔写情

书，这样我早上醒来时就能看到。

给我印象最深刻的是他的一条信息："我会一直陪在你身边，让你做个幸福的女人，相信我。我希望我是除了你父母之外，最爱你的也是你最想依靠的那个人，给你带去安全和温暖。"

虽然，我已经过了耳听爱情的年纪，

虽然，我知道无常变化是世间常态，

可是那一刻，我还是感动了。

若陪伴长情，便再也没有什么比他更令人动心。

前些天晚上和J先生视频，记不得聊什么，聊着聊着话题就跑偏了，聊到了分别。

"我们总有一天要分别的，到时候剩下的那个人该多么难过。"我说道。

J先生一愣，"嘿，你这还想着以后要离婚还是怎么着啊，反正我是不会离开你的！"

我瞪了他一眼，又叹口气说："钱锺书以前对杨绛说我们没有生离，只有死别。我对你也是这样的。但是总有一天，死亡会将我们分离的，留下来的那个人该多么难过。"

说完，一阵沉默，我看到J先生脸上表情的变化，眼睛一点点湿润。

"呃，你哭了啊？"其实，眼睛里已经蓄满泪水的是自己。

"没有，你别想那么多，珍惜好现在的日子。我不会离开你

Part 4
臻爱

的。"J先生别过头，用手揉了揉眼睛。

后来，我们又聊了一些别的生活工作上的事情。

挂电话前，他又回到了那个跑偏的话题，很郑重地跟我说："我一时半会儿死不了，你也一时半会儿死不了，所以你别想了，我们要好好在一起，知道吗？"我点点头。

父亲曾对我说过："我是半截黄土埋到腰的人了，我的这辈子已经很短了，你的这辈子还很长，只要你自己过得健康平安，开心快乐就好了。"

当走过狂妄叛逆，面对过人情冷暖，经历过成功失败，才会知道，人生的悲欢，其实就是由身边的那几个人决定的。

ipad上的倒计时日历显示着还剩下多少天，我能和J先生团聚，能和父母团聚。

我知道，时间一天天过，我们共同度过的日子便一天天减少。

或许，有人会觉得这很悲观。可是我却宁愿这样悲观，因为它提醒着我，共同度过的每一天，都是多么的宝贵。

亲情也好，爱情也罢，我想但凡懂得的人，最大的慈悲，便是珍惜和感恩。

我以前一直很排斥来生这个话题，因为觉得做人修行很苦，所以每次被问到，我都说我不想要来生，过好今生就足够了。

但是，如果，万一真的有来生，我仍然愿意与你们共同度过。

陪你把沿路迷茫，
活成答案

结束一天的工作，在冷风冷雨中回到家里，天色已全黑，根西岛丝毫没有春天回暖的迹象。

有时候我很喜欢这个小岛，因为在阳光灿烂的日子里，大海、沙滩、森林和悬崖都美丽得让人陶醉。

可是，有时候我却十分痛恨这个小岛，因为它在我想念纷飞的日子里，让我觉得自己离家人、爱人和朋友如此遥远。

望向东方，无数次想起唐代诗人岑参写的一首诗：故园东望路漫漫，双袖龙钟泪不干。

你若在飞机上俯瞰过这个小岛，就会知道这个地处英吉利海峡中，只有六十多平方公里、六万多人口的小岛，是多么孤绝。

你若在飞机上俯瞰过大地，就会知道那些爱恨情仇的林林总总，都渺小如尘埃微不足道。

可是，飞机落地后，人心却善变，那些置于心的人和困于情的事，分量丝毫未改变。

2007~2015年，从上大学、本科毕业、读研、出国实习、回国毕业、出国工作到现在，八年。

这八年，人来人往，坐标经纬度换了又换。

时间和空间，有时候如一把刀，手起刀落，很多人事就变得面目全非，时间去哪儿了这样的问题全是徒劳。

因为我知道这八年，得到很多，失去很多，计较毫无意义，唯有相信我失去的都是侥幸，得到的才是人生。

每个人的一生，都在不停地得到和失去，而在得到和失去之间，总是裹挟着一波又一般的迷茫。

读者留言向我诉说即将大学毕业的迷茫，单身等待爱情而不得的迷茫，恋爱关系相处不好的迷茫；朋友向我诉说工作的迷茫，初为人妻和人母的迷茫，对生活进入瓶颈期的迷茫。

似乎很少有人不迷茫，我们总是活在阶段性明白的过程中。而且迷茫这种东西，就像奥特曼打不完的怪兽。消灭一只，不知道什么时候又冒出另外一只。

我的上一次迷茫，是因为要离开象牙塔，开始新阶段的生活。最后选择了来英国，但是出乎意料地被派到了这个英国海外属地的小岛上。

命运总是这样，一再给予安排和设定，人却很难预知自己的生活中将会发生什么。

根西岛，有一圈很华丽的光环，因为它是英国的皇家属地。

可是，很多事情都是这样，当你一点一点剥开表面的光环，深入内里，生活就会呈现出最本真的色彩，没有那么绚丽，相反更多是平淡，或许还有那么几分单调。

在日复一日的生活中，只要往前进入新阶段，只要还有选择要做，迷茫便又会慢慢浮现。

和J先生恋爱、结婚，有一些人知道我们的故事后，表示出很多羡慕、很多祝福。

可我心里深知，我们不是生活在"王子和公主，从此幸福地生活在一起"的童话世界中。

每对情侣，从认真进入爱情，到考虑婚姻，再到结婚组建家庭，都有很长的路要走，有很多困难要克服，没有任何人的感情之路不需要披荆斩棘，没有任何人的婚姻不需要磨合与经营。

我相信我选择的人，也相信这些年积累的生活经验。

只是生活里除了爱情和婚姻，还有许多事情是需要自己思考和判断的。

有些思考但得不到明确答案的问题，仍然让我觉得迷茫。

不知道该在国外还是国内安家，不知道以后该继续从事专业相关的工作还是进入新的领域，不知道该什么时候要孩子，不知道以后父母养老的问题该怎么解决……

我的电脑里有个文档叫作"深夜情书"，是J先生深夜时写给我的一些信。

每次在邮箱中看完后，我都会以word文档形式存进这个文件夹。虽然都看过两三遍，但我并不熟稔到记得每字每句，所以今晚当我再次看到这段话时，觉得那些迷茫如同乌云被阳光撕开了一道口子，渐渐可以看到光亮。

"我很高兴也很乐意跟你讨论我们的未来，因为我的未来里有你，有我还有我们的家庭。我不会介意你对未来的某个时刻会感到一些困惑或迷茫，这很正常。因为毕竟在我们的人生中都还没走到过那里。不过这也正是我所希望的。"

或许，每个人的困惑和迷茫都因为我们还未走到过那里，对一个还没抵达的地方，心存些许不安和迷茫是人的自然反应，它并不像洪水猛兽般可怕。

就像站在陌生的路口，拿不准到底该走哪条路，一遍遍问自己到底该怎么走。

但其实，不管走哪条路，都会看到不一样的风景，都会通向某个地方，而这些风景本身并不存在对和错。

只要迈开脚步移动，脚下就有路，即便不那么确定自己走的这条路，但是信任和行动胜于一切言论和妄想。

即使走错再转道走另一条路，也不应该有什么遗憾，人应该可以在任何地方生长。

如里尔克在《给青年诗人的信》中所写："对于你心里的一切疑难要多多忍耐，要去爱这些问题的本身，像是爱一间锁闭了的屋子，或是一本用别种文字写成的书，现在你不要去追求那些你还不能得到的答案，因为你还不能在生活里体验到它们。一切都要亲历生活。"

所以，若想突破迷茫，就不能停在原地，而应该一边前行一边寻找答案。靠想是永远得不出答案的，只有抱定不灭的信念，实实在在地行动。

看着那封信，我想或许这也是爱情令人着迷的地方，因为两个人可以一起经历生活。

我迷茫的时候，你指点我一下；你疲惫的时候，我给你肩膀靠一靠；我不知所措的时候，你在前面拉着我走一段；你失意的时候，我给你鼓励，支持你振作。

就如J先生的信里所写："我们都没有走到过的地方，当你走到的时候，我希望陪伴在你身边的不是别人而是我。我们一起经历一些之前都没经历过的事情，我们一起处理一些可能面对的困难和挫折，我们一起在这过程中不断成长，不断成熟，互相理解，互相包容，都变成更好的自己。"

时至今日，我的确更为喜欢这样恳切和朴实的感情，付出各种代价也值得，我愿意去相信。

人生路漫漫，一些事和爱人一起去做，会有不同的意味。

独自用餐和一起共食，单人旅行和一起旅行，独睡与共眠，思考与交流，内心封闭和敞开接纳，其间人对食物、风景、时间、生活等的感受会有不同的深度。

我们都是有弱点的人，但凡是人，都会有害怕、焦虑、迷茫和软弱的时候。

我相信为拥有美好的未来而努力，也是生而为人的一种修行。不管是穿越迷宫般的丛林，还是跋涉遥远的路途，又或者只是在繁华的都市穿行，我们都会体悟到经由爱而不断成长的意义，最后变成更好的自己。

信的末尾，J先生写道："我很开心，因为我知道在这条路上，我并不孤独。我知道你会一直陪伴在我身旁。我也会尽我最大的努力给你可以依靠的肩膀。因为最终，我希望你是幸福的，开心的，愉悦地跟我在一起生活。在这条路上行走的时候，我不会落下你一个人。我希望我能一直拉着你的手，一起经历人生的点点滴滴。"

是的，我不会害怕，因为我相信你会陪我把沿路迷茫，都活出答案。你也不会孤独，因为我会一直陪伴，一直到我们把故事写完。

Part 4
臻爱
—〃∧〃—

但求花好月圆人长久

一觉醒来，看手机，几十条微信。

朋友的信息是中秋祝福，J先生的信息是在机场的情况，公公婆婆的信息是几张他们在机场送别的照片。

看着微信，突然就想起张九龄的一句诗——海上生明月，天涯共此时。

翻出天涯另一端家人、爱人和朋友的照片，心里百感交集。

斗转星移，又到一年月圆中秋时。

考虑着要不要给婆婆打个电话问候一下中秋，但想起他们今天才在机场送别了儿子回加拿大，我不知如何避免提起中秋节送别的伤感话题，于是作罢。

转而拨通母亲的电话，她与父亲正和姨妈外婆在大舅家过中秋节。

听到外婆问母亲："园园买了月饼吃没有？"母亲回答说："她那里买不到月饼。"

前几天，在苏格兰工作的闺蜜在微信上跟我说，她想回国想疯了，在英国一天都待不下去了。

她说快中秋节了，她好想吃蛋黄月饼。

我回过去一个哭的表情，告诉她，我也是。

昨天，看到随丈夫远赴非洲的研究生同学在朋友圈发了一条消息："想吃蛋黄月饼，想吃蛋黄月饼，想吃蛋黄月饼……"

评论有别的同学回复："那就去中国超市买几个吃啊。"

"这里买不到月饼，只有首都的中国超市才有。"

今天在国内的好朋友问我："中秋节，你那里有什么庆祝活动啊？"

"没有，英国人不过中秋节，这里也没有任何过节的气氛。"我回答。

朋友意味深长"哦"了一声，然后说："那你去买几个月饼，吃顿好吃的。"

"根西岛没有中国超市，也没有月饼卖。"回完那条消息，我就关了微信，我怕再聊下去，会忍不住哭出来。

是的，这里没有月饼卖，也没有我爱的家人、爱人和朋友。

月饼，在此时此刻，并不是一种食物，而真正回归到了它最初的象征意义——团圆。

想回去吗？当然会有想的时候。

走在异国的街头，那些相对陌生的脸，内心牵挂的总是在故乡认识的人，还有生长的梦。

可是我也知道，肩上所承担的责任让我现在回不去。

很多人羡慕我在国外工作、生活，我最初也曾觉得这是件很棒的事情。

可是，这几年走过15个国家后，我才终于明白：不管在哪里，生活都是相似的，柴米油盐酱醋茶并不会因为你从社会主义国家跑到资本主义国家就变得不重要，烦恼困难也并不会因为使用币种的变化而消失不见，没有了雾霾和食品安全的困扰，却要提防着孤独寂寞和无助的吞噬。

其实最重要的并不是在哪里生活，而是生活中的人情冷暖，是生活中和我们相关的人，是与父母、爱人和朋友之间的联结。

我思考过很多次：我们为什么会如此舍不得那种联结？
后来和J先生聊完此话题后，我想我大概明白了。

I dare to live the way I want to
我敢活成自己想要的样子
—— // ∧ \\ ——

因为我们身上的人性总是渴望着与别人建立联结，总是希望关心和被关心，同样，也希望需要和被需要。

没有人想活成一座孤岛。

那种联结，不是QQ好友列表中的名字，不是微信群中争抢的红包，也不是社交聚会上的觥筹交错。

与生俱来的人性，注定哪怕我们活成孤岛，内心深处也渴望拥有通往外部世界或者其他岛屿的途径。

走得越远，活得越往后，你越会清楚谁与你真心相待，谁对你虚情假意。

你若在异乡的深秋月光下独自行走过，就会懂得内心真正想念的是谁，牵挂的是谁。

我们渴望的联结，唯有在亲情、爱情和友情中，才体现得尤为深刻。

拥有那种联结，你会感到在苍茫大地，自己并不是踽踽独行。

那种联结就像一个团队深夜登山握住的一根绳，握紧那根绳，会发现自己更加勇敢，同时也更加脆弱。因为，一旦失去爱的联结，人的内心就会感受到匮乏和孤立。

可是，总有那么些时刻，我们要松开双手，放开手中的绳子，不惜用手与山石摩擦，体会徒手攀登。

就如，孩子长大了，总有一天要离开家，离开父母的庇护，去认识形形色色的人，去接触了解社会。

少年时代和父母一起在中秋节时吃的月饼，到后来会慢慢变成独自在超市左挑右选的一种商品。

而父母也总有一天，要学会放手，让孩子远走他乡追求理想，独立行走天地之间。

那些孩子在侧的天伦之乐，到后来会成为他们对团圆的一种渴望。

以前年纪小的时候，总以为很多事都是自己能够改变的，直到彻底了解什么叫现实后，才知道，人生除了我们可以努力改变的一些东西外，还多了一样东西，叫作身不由己。

我相信所有那些在外打工的父母都牵挂着留守在老家的孩子，可是月圆之夜，很多人除了给孩子打个电话，寄些衣服和食品之外，仍得回到工作岗位，为着那一点能改善孩子物质条件的薪水而努力。

我也相信所有在国外的游子，心里都住着想念的家人和朋友，可是望月思念之后，仍得低头看文献写论文，准备第二天要上台演讲的PPT。

我也相信所有那些把孩子送去国外求学工作的父母，都多么希望中秋之夜全家围坐圆桌，共食一锅饭菜，可是除了在电话里多嘱咐孩子几句之外，他们仍只能摩挲着相框里的相片默默发呆。

现实，真的不是那句浪漫的话——想一个人，就去见Ta。

这一切，似乎让人觉得悲伤。可是翻开悲伤的另一面，幸好还深藏着最重的喜悦。

时间冬去春来，花谢花开，人有悲欢离合，月有阴晴圆缺，我们之所以会有想念的悲伤，是因为我们的心底有着爱的牵绊。

这种牵绊终会带领我们走向渴望和圆满，走向内心笃实和平静，这能让我们的精神散发出一股坚韧的力量，去相信未来，热爱生命。

而还有什么事比有爱、相信和热爱更加美好呢？

读高中时看《小王子》，并不太懂得其中的深意。而现在再看，才终于懂了其中的意义。

就像那段话："夜晚，当你望着天空的时候，既然我就住在其中一颗星星上，既然我在其中一颗星星上笑着，那么对你来说，就好像所有的星星都在笑，那么你将看到的星星就是会笑的星星！"

那样的一个画面，也是温暖的吧。因着心底的那些爱和想念，世界看起来才会更加充满善意。

所以，不管你是否在团圆中笑靥如花，也不管你是否和我一样，身处异乡，独自望月，将孤独收藏。

那都没有关系，因为当你举头望月之时，你会知道，世界另一个角落，一定也有人正望月思念你。

爱与被爱，想念与被想念，是再温暖不过的事情，所以，不求财，不求名，但求花好月圆人长久。

我不再想一个人旅行

"看富士山的雪，洒满月光，让蒙马特的风，吹乱短发，在六十六公路，听雨落下，和你并肩横越了流沙……"

打开虾米音乐播放器，随意点开了推荐，一边听歌一边整理房间，这首歌就这样不经意间飘入耳朵。

恍惚间，想起以前在欧洲的日子。

那时候，我住在匈牙利一个叫德布勒森的城市，距离首都布达佩斯有三个多小时的火车车程。

跟布达佩斯热闹的瓦茨街、童话般的渔人堡、大气的英雄广场、浪漫的多瑙河夜景比起来，德布勒森可以说是一个比较无趣的城市。

但是，无趣没关系，我有申根签呐。那会儿，有句傲娇的流行语："申根签在手，走遍欧洲都不愁。"

记不得多少个夜晚，我独自坐在电脑面前，在筹划和旅行有关的事情。

查机票、查当地交通信息、查酒店、查旅游攻略，一遍一遍，从未厌倦。

一次旅行往往得花费我三四个晚上才把旅行计划订好。

机票、火车票、酒店地图、预算、行程安排，等等，全部工工整整地落实在白纸黑字上。

在这一系列周密严谨的计划里，人物只有我一个。

后来慢慢成了熟练工，一个晚上便能搞定所有计划。后来应朋友之请，替她做旅行计划，一个下午全部搞定，不仅帮她省了几百欧，还能让她玩得更顺畅，被她直呼"女神"。

那时候，"女神"这个词还没这么流行，"世界这么大，我想去看看"这句话也还没像现在这样广为流传。

那时候，我无数次一个人提着旅行箱，从德布勒森坐火车到布达佩斯，然后再坐地铁换公交到机场，旅行结束后，倒序将交通工具再来一次回到德布勒森。

那时候，为了赶早起的飞机，我睡过布达佩斯机场、马德里机场、不来梅机场和罗马机场。

那个时候，我23岁，有着初生牛犊不怕虎的勇气，丝毫无惧一个人到陌生国家旅行这件事，相反觉得那很浪漫。

浪漫吗？

当自己一个人自由自在地走在布拉格广场、兰布拉大街、香榭丽舍大道、蒙马特高地、路易斯一世大桥，还有那带着浓厚风情的欧洲大街小巷时，的确挺浪漫的。

但是，当在每一处胜景里，想跟人诉说内心的激动和快乐时，当想与旷世美景合影却不得不麻烦陌生人时，当旅行结束整理照片，在上百张照片里却找不到几张有自己的照片时，心里不是不失落的。

有一次，一个在英国博士访学的师姐，发了一篇很长的游记，里面附上了许多与男朋友（现已是她老公）在欧洲旅游的照片。

我看着她照片里的米兰大教堂、埃菲尔铁塔、维也纳美泉宫，等等，是那么的熟悉，那都是我去过的地方啊。

不过，她的照片里有着爱情明媚的笑容，温暖的拥抱，有着从内到外流露出的满足和幸福。

而我的照片里只有瑰丽的景色和作为背景的若干路人。

在那一刻，我才发现即使我品尝了夜的巴黎，踏过了下雪的北京，拥抱了热情的岛屿，我依旧是那样的孤独。

在那个夜晚，我对着她那篇游记和那些照片，泪流不止，内心里对于爱情的渴望无处遁形。

那些心灵鸡汤，那些"女人要独立，女人要内心强大，女人要自己过得丰富多彩"的励志话语，在那个流泪的夜晚，黯然失色，一文不值。

那种内心拼命隐藏的渴望，在我到了英国后才渐渐释放。

没有了申根签，去欧洲旅游变得不那么方便。身处英吉利海峡中的皇家岛屿，岛上天气好时的景色美得也足以让人心跳加速。

慢慢的，我对远方没有了那么多的向往，当然也不再多么期盼与人一起旅行。

更多的改变是，我不再觉得"生活在别处"是一种浪漫，而是觉得生活在此时此地，是一种心安。

这种心安，是每一天认真工作、踏实生活带来的，与旁人无关。

假期选择旅行，或是呆在岛上，都成了无须纠结的事情。

想走，便去旅行，看看大不列颠的建筑和历史，不急于去景点，只一个人到处走走看看，增长些知识和见识，拍些风景做留念。

想留，便呆在家里，钻研钻研新的菜谱，看还没来得及看的电影，穿上运动服和运动鞋去森林里徒步，约朋友去海边的咖啡屋喝杯咖啡吃块蛋糕聊聊天。

一切，开始变得随心又随缘。

再看到别人和爱人朋友一起旅游的照片，点个赞留句言外，也不再有什么羡慕或别的心理活动。

然后，因为闺蜜的一次牵线，我就那样毫无征兆地遇到了J先生。

他也是一个爱旅游的人，给我看过很多他旅途中拍的照片。

他的照片拍得都很好，构图、光线和角度都非常出色。

看着那些照片，我仿佛看到了他独自一人走在旅途中的样子，沉默、内敛，却又充满了生长的张力。

他很喜欢徒步，喜欢看自然风景。在英国留学的时候，周末常自己一个人扛着三脚架和单反就出发。英国那些大大小小的徒步路线，几乎被他走遍。

后来他去了加拿大，更是常常空闲时就一个人开车去森林公园里，然后徒步走上大半天。

我问过他，是否觉得一个人走在路上很孤独。

他想了想，回答我说，是会很孤独，可是找不到人一起，一个人也得出发。

是啊，你不能一直等，等到另外一个人才出发，这样浪费了光阴，还蹉跎了岁月。

我和J先生，两个爱旅行的人，后来一起旅行了很多次。

在尼亚加拉大瀑布，坐着直升机俯瞰大瀑布，紧紧握住彼此的双手，相视而笑；

在瀑布小镇走累了，一起在小店分享一碗很大的冰淇淋，你一口我一口，边吃边聊；

在渥太华的国会山，本想看灯光秀，却意外看到了一场盛大的烟火，我们在欢乐的人群中，一同为绽放的烟火欢呼；

在加蒂诺国家森林公园里，围着粉红湖徒步，爬阶梯时，比赛看谁爬得快，一路跑一路笑；

在蒙特利尔的老城区，牵手穿梭于法国风情的小巷中，开车到皇家山时，拿着自拍杆和拍立得一顿狂拍，还热心地帮很多情侣拍合照；

在香港跨年时，被裹入汹涌的人潮一起寻找观赏跨年烟火的地点，最后在尖沙咀的海滨公园跟一群陌生人一起倒计时。

……

Part 4
臻爱
—〟∧〉〉—

这些旅行的体验，于我而言，就像喷薄的日出，饱满热烈，带着一种鲜活的生命感知力。

我喜欢这样的旅行，它能让我以另一种视角去看待世界，包括自己。

每次旅行，我们都分工合作。

一个负责收拾行李，另一个则负责订酒店机票；一个负责旅行攻略，另一个则负责下载好各种离线地图查好线路。

男人和女人，不再是世俗眼里感情世界中博弈的双方，而是在一场共赴的旅行中亲密的战友，出发前默契配合，出发后共同分享。

旅途中遇到麻烦一起解决。旅行结束后，一起整理照片，不时嘚瑟那些拍得不错的照片。

如舒婷《致橡树》中所写——我们分担寒潮、风雷、霹雳，我们共享雾霭、流岚、虹霓，仿佛永远分离，却又终身相依。

现在的我，依然鼓励现代女性独自去旅行，不管其生活状态是单身还是已婚。

因为对梦想之地的向往，你需要有自己成全的能力，不能寄希望于另一个人。

当你独自一人离开熟悉的地方去远方，再回来时，内心其实已经开始在隐秘地变得强大。

现在的我，也依然怀揣着独自上路的勇气，因为即使已经结婚，我也不希望自己丧失独自行走的能力，我希望自己"必须是你近旁的一株木棉，作为树的形象和你站在一起"。

但是我希望我的旅途里，不再一直只是我自己。

我希望我寻觅到的每一个好的餐馆，都能与你一起发出"太好吃了"的感慨；

我希望我爬上的每一座山头，都能与你一起眺望远方美景；

我希望我赤脚踏上的海滩，都能与你一起牵手在沙滩上嬉笑奔跑。

……

我希望，在我未来走过的陌生风景里，都有你，在我身旁。

我会爱你多久

第一次听到*How long will I love you*（《我会爱你多久》）这首歌，是在看电影*About time*（《时空恋旅人》）时。

相爱的两个人一起乘地铁去上班，在地铁通道里，卖唱的艺人欢乐地对着他们唱着这首歌。

那一瞬间，似乎空气都是闪闪发亮的。

然后，我就再也没有忘记那首歌。

在爱情里，人们常常会问对方，你会爱我多久？

但是，我们好像很少问自己，我会爱Ta多久呢？

很有意思的是，这两个问题似乎透露出，相比付出爱，人们更期待得到长久的爱。

这让我想起"博弈"这个词。

"爱情是一场博弈"这句话，很多人一定听过并且同意。在以前不成熟的年纪谈恋爱，我也这么觉得。

博弈什么呢？

爱与被爱的比例，付出和得到的比例。

可现在，我却深不以为然。

因为，认为爱情是一场博弈的人，大多是内心没有给自己足够安全感的。

就像内心有个洞，需要对方许诺爱你天长地久的誓言，需要一次次确认对方爱自己，去填补内心那个洞。

遗憾的是，这样的填补方式，导致的结果就是很难爱得享受和愉悦，而常常活在患得患失中。

所以，会有那么多人的爱情和婚姻亮红灯，会有那么多人在夜晚因爱伤神流泪，一遍遍看手机等对方的微信，不顾及自尊而做出伤人伤己的事情……

记得我和J先生去领结婚证时，在颁证仪式上，有这样一段宣誓：我们自愿结为夫妻，从今天开始，我们将共同肩负婚姻赋予我们的责任和义务——上孝父母，下教子女，互敬互爱、互信互勉，互谅互让，相濡以沫，钟爱一生。今后，无论顺境还是逆境，无论富有还是贫穷，无论健康还是疾病，无论青春还是年老，我们都风雨同舟、患难与共、同甘共苦，成为终身的伴侣。

我很喜欢这段誓言。在我宣誓完的时候，我相信自己愿意以最大的能力去实现它，也相信J先生如此。

可是，我不会去强求他一定要做到，因为做好自己已不容易，努力做好自己该做的，剩下的一切，顺其自然是最好的办法。

闺蜜看了我婚后的一些照片，惊叹道："我怎么觉得你结婚后比以前更漂亮更有光彩了？"

我想，那是因为我爱得平静。

虽然我和J先生婚前婚后都一直异国，但是我会过好自己每天的生活。

想他了，就拿起手机给他发消息告诉他，然后放下手机接着做自己的事，并不会守在那方小小屏幕，等待他一句"我也想你"；我看见他可能会喜欢的东西，买下来送给他，并不会期待他同样回送我礼物；

我给他打电话，如果他没接到，我也不会胡思乱想再连续拨号，而是做自己的事，他看到自然会回给我；

我爱他，会每天睡前对他说"我爱你"，但并不会一定要他也回我一句"我爱你"，因为爱都体现在平日生活的一点一滴里，我有用心体会到……

大多数人都在感情里跌跌撞撞过，患得患失过，哭过笑过，我在不成熟的年纪里谈恋爱也有过那样的感受。

而如今我才知道，爱得平静是最舒服的一种状态。如走在森林的小路中，全身都被清新的氧气滋养。

舒服在爱情里重要吗？当然重要。

就如一个很有趣的现象，很多人在二十岁左右的年纪，为了彰显美丽高挑，都会迫不及待地换上高跟鞋。

无论哪个大牌的高跟鞋，穿大半天下来，双脚都会累得不行。不过为了美丽，还是会有很多人对高跟鞋前赴后继。

我和很多人一样，也曾买过很多高跟鞋，可是到后来高跟鞋都被我束之高阁，除非一些活动或宴会场合需要，我才会拿出来穿。

平日里，更爱穿让双脚舒服的平底鞋或者休闲鞋。

走在根西岛的石板路上，或者走在海边，又或者在山里徒步，你会知道有双舒服的鞋子有多重要。

我和身边很多朋友都是到了一定年纪后，才发现与潮流和美丽相比，让自己舒服才更加重要。

爱情也如是，跟少不更事时的反复折腾和无休止的纠缠相比，爱得舒服才是王道。

身体和内心的舒服能够带来稳定的情绪，所散发出来的能量也能正面影响到身边的家人、爱人、朋友。

真正爱一个人，首先学会的不是如何爱人，而是自爱。只有真正懂得自爱的人，才会逐步建立起内心的安全感，才会知道如何用对的方式去对待爱情和爱人。

当你足够地爱自己，你的感情系统才能够自给自足，你就不会不断地向别人索取爱和关心，而是能够自在情愿地付出，且不以此为资本对对方进行情感绑架。

如此，才不会在每一份付出开始之时，就开启计较模式，希望着对方要同样甚至更多地回报自己。

没有这般计较和希望，就不会有失望，也不会有由失望叠加而成的无望和绝望。

当你内心有安全感了，懂得自爱了，知道如何让自己过得舒服了，你就不用再问"你爱我吗，你会爱我多久，你会永远爱我吗"这样无聊的问题，不用把心思放在思考如何让对方更爱自己这件事上，也不用把时间浪费在研究那些御夫（妻）术上，更不用把精力浪费在纠结谁爱谁更多一点这件极其没有生产力的事情上。

等你到了，
给我报个平安

"老公，等你到了，给我报个平安。"

"你放心吧，我下飞机就给你打电话。"

"妈，你们一出机场就能看到他（J先生），到时候记得给我报个平安，我在根西岛这边机场等你们。"

"你放心吧，你别熬夜，早点休息。"

给妈妈和J先生打完电话，我躺在床上，闭上眼睛却翻来覆去地睡不着。

父母和J先生要来英国看我了，五个月前计划的事情，终于快要实现了。想起那会儿和J先生一起查机票，帮爸妈订机票，到后来J先生在网上为爸妈填好信息，预约好递签时间，再到后来我们回国时，带着爸妈一起去签证中心递签，到最后等了半个月顺利拿到签证。

　　每一件事情，我和J先生都一起参与了。这种参与感，让我觉得有些许自豪，终于长大成人可以为父母做点什么了。又让我有点心酸的感觉，因为父母是真正地在一天天衰老，他们对网络和很多新的办事方式感到无比陌生，这个时代似乎已经忘了他们青中年时的努力奋斗，而是渐渐地把他们甩在了身后，尽管他们也想努力赶上。这是父母第一次出国，父亲以前去过最远的地方是台湾，和他几个铁哥们跟团去旅游了小半个月，回来后总是很兴奋地跟我们聊在台湾的所见所闻。

　　这次英伦之行，不用说我也知道父亲有多期待。贤惠善良的母亲，则总是很担心给我添麻烦，很多次都跟我和J先生说"谢谢，麻烦你们了"。一个月前，我给父母发了封邮件，关于来英国的注意事项，上面很清楚地写明了出发准备、乘机注意事项、取行李过海关和基本英语用语。J先生还非常细心地写了一份爸妈的入境信，以及入境卡，上面都用红笔标注了该填的信息。

　　母亲看到那些资料的时候，感动得直说："谢谢你们，没想到你们这么细心，为我们想得这么周到，太谢谢了！"就这样，一件事一件事地准备着，终于到了父母要出发的日子了。同时，J先生也会从加拿大来英国，提前到希斯罗机场，接上父母再一起飞到根西岛。由于根西岛是海外属地，他们就不让我去伦敦接了，在根西岛机场接他们就好。

我每天看着手机上的倒计时App，"距离爸妈来英国"的时间一天天减少，直到今天数字变成0，我的期待和激动开始变成紧张和坐立不安。

记得几年前我第一次出国赴匈牙利工作时，母亲在电话里一遍遍叮嘱："一定要注意安全，等到了布达佩斯，记得给我报个平安。"

可是出人意外地，我一到布达佩斯，就被前来接我的人送上了开往德布勒森的小巴士，我的手机也无法连上信号。

坐了17个小时的飞机，又坐了3个小时的巴士，等我到达德布勒森的住家时，已经夜里十点半多了，我累得都快没有力气说话。

那时，我被安排住在一个匈牙利老太太家，她家没有WiFi，只能用电脑上网，由于又累又困，我想着第二天睡醒来再上网和父母联系应该也没关系，于是就睡觉去了。

等到第二天，我上网用Skype给母亲打电话时，母亲一听到我的声音就哭了。

"我一直在等你的消息，一直在等你给我报平安，你不知道我有多担心，我和你爸爸一晚上都没睡着。"母亲哽咽着说。

母亲是个非常坚强的女人，几乎很少流泪，听着她的哭声，那一刻，我的眼泪也无声地流了下来。那是我第一次那般深刻地感受到自己与亲人之间的牵挂。

去年10月底，我利用假期去加拿大看J先生。出发前，母亲照例反复嘱咐："到了多伦多后，记得给我报个平安。" 由于时差，我到多伦多的时间，国内是半夜三点多。

我给母亲发了条微信，"妈，我到多伦多了，一切顺利，你放心吧。" 没想到的是，消息刚发出去，立马就收到了回复，"平安到了就好，你和他好好玩吧，祝你们开心！"

"我妈居然这个点秒回我信息！"我对J先生说。"她可能挂念你，一个晚上都没睡好。"听了J先生这句话，我竟然无言以对。

后来假期结束，我从加拿大回英国。在伦敦转机时，我告诉母亲和J先生，由于大雾，航班要晚点两个小时，大概几点能到根西岛，叫他们都别担心，到了后我会给他们报平安。结果，航班晚点了近四个小时，我的手机也不知怎么回事没有信号，也连不上网。

等我到了根西岛机场，手机又神奇地自动连上了机场WiFi，十几条微信在那一刻"唰唰唰"地一齐涌进来。

"园园，飞机起飞了没？" "宝贝，飞机几点起飞？"

"园园，你怎么不说话啊？妈有点担心。" "宝贝，你到根西岛了吗？怎么联系不上你了？给你打电话也打不通。"

"园园，你到根西岛了吗，你不是说晚点两个小时，这会儿应该到了吧？"

"老婆，我在网上查了你的飞机应该到了啊，怎么联系不上你？你在哪儿啊？你妈妈很着急，给我打了电话，你看到赶紧跟我们联系。"

"园园，你到了吗？到了给妈报个平安啊。"

……

站在行李传送带旁，盯着那些信息，我似乎能看到他们一遍遍给我发消息，却联系不上我时着急的神情。我别过脸去擦干了忍不住夺眶而出的眼泪，赶紧给母亲和J先生联系报平安。

"你到了，给我报个平安。"以前年少时，我觉得这句话十分稀松平常。可是如今想起来，却备觉温暖和感动，不管是你对别人说，还是别人对你说。

大概以前的自己并未真正去体会这句话饱含的深意，也从未认真思考过自己与那些重要的人的关系，觉得他们都是理所当然的存在。

有一次，在看《爱情保卫战》时，涂磊对浪子型的男嘉宾说："你闭上眼睛，设想一下，如果这个女人走在路上突然被广告牌砸中了，死了，你会怎么样？"男嘉宾没说话，过了一会儿，他闭着的眼睛居然流下了眼泪。他睁开眼，对女嘉宾说："对不起，我以前做过一些伤害你的事，说过一些伤害你的话，希望你能原谅我，我不想失去你，我想跟你结婚。"

全场听了，一片安静，接着响起了热烈的掌声。

那一幕给我印象特别深刻。

大概，人性中都有这样的特点，在身边时，经常忽视，没有好好珍惜，等到要失去，又追悔莫及。但是，我相信，人并不是故意不去珍惜那些自己在乎的人，因为人都害怕失去爱，害怕失去对自己重要的人。很多时候，也并不是不懂得珍惜，只是由于距离太近，所以模糊了眼和心。就像拍照一样，离得太近，就无法对焦。而一旦面对离开和分别的时候，那份情意有多重要就会自然在心里浮现。

兴许是感动点比较低，每次在机场或者高铁站，看到送别和重逢的人们拥抱在一起，我都会觉得非常感动。世界虽然经常让人觉得冰冷残酷，但是就这一点点的温情和暖意积累起来，便渐渐让我们有了盔甲，也有了软肋，让我们有了想守护的人，也有了在心里为其祈祷平安的人。

忘了是从什么时候开始，我觉得平安成为了无比重要的东西，重要过金钱、物质、快乐、幸福，等等。

或许是看到过太多有关飞机失事等天灾人祸的新闻。新闻里，伤亡者多少多少，看上去仅仅是一个简单的数字。可是那逝去的每个人的背后，又牵扯到了多少人的喜怒哀乐，关系到多少家庭的完整。

或许是因为几年前，仅大我一岁的表哥意外去世，让整个家族都蒙上了一层阴影。看着父亲、舅舅、叔公等一个个大男人哭得那样伤心，我明白了那句"男儿有泪不轻弹，只是未到伤心处"的意思，也是那一次让我真正懂得了每个家庭成员对整个家庭的重要性。

或许，是因为曾经失去过，我知道那是怎样刻骨铭心的悲痛。在那样的悲痛面前，我甚至为以前失恋时的伤心痛苦感到羞愧。
又或许，是因为在这个薄情的世界，还是有太多太多人愿意选择深情地活着。

这几年，因为工作的缘故，我离家越来越远，尤其是结婚后，父母在湖南老家，公公婆婆在北京，老公在加拿大，我在英国，常常会有种四海为家的感觉，心里对家人们的挂念也越来越重。
每次知道家人们要出远门，我都会在心里祈祷平安，都会郑重其事地对他们说一句："等你到了，给我报个平安。"

有人说因爱生恨，我倒更觉得是因爱生惧。我们会害怕亲爱的父母、爱人、好友离开我们，如杨绛先生所写："我陪他走得越远，越怕他从此消失不见。"

我不知道有多少人会像我一样，在看到一些飞机失事的新闻时，想到即将要坐飞机的家人、爱人或朋友，会觉得紧张和忐忑。那一刻，那种紧张的感觉其实是在告诉你，对方对你有多重要，你有多害怕失去他们。

　　所以，那一句"等你到了，给我报个平安"，其实就是以另一种方式在述说"我很爱你，我很在乎你，我害怕失去你，你一定要平安"。

安心地去爱和被爱

我是被他的声音叫醒的。

音响里还播放着瑜伽冥想的悠扬音乐。我本想着练完瑜伽后，再接着练会儿冥想放松一下，结果睡着了。

记得迷迷糊糊中，感觉到有人在轻拍我的脸，还有个声音在说："老婆，醒醒，醒醒，怎么睡着了，小心感冒，起来去洗澡。"

可能因为时差还没倒过来，加拿大的晚上十点正是英国的半夜三点，我困得眼睛都睁不开，慢悠悠地坐起来，还没缓过来，他双手拉着我站起来，推着我的肩走到浴室，嘱咐我赶紧洗澡睡觉。

独居的时候，也有很多次练瑜伽冥想练得睡着。大部分时候是被冷醒的。练瑜伽出的汗贴在身上，一睡着，风再一吹，就觉得身上阵阵发凉，很容易感冒。犹记得在根西岛时，独自躺在瑜伽垫上冷醒时，看着家里空空荡荡只有我一人那种寂寥且孤单的感觉。

曾和经历相似的朋友讨论那种孤单，她说或许是因为我们总是在漂泊，生活充满变化，所以也不敢去依赖别人、需要别人。

以前我总有些害怕承认其实自己需要他人、需要关爱，仿佛承认了就显得自己很脆弱，不够强大。如今，我才意识到那样的想法有多幼稚。

没有人能够活成一座孤岛，没有人不需要爱和关心，大大方方地承认，并不是件丢脸的事情。

洗完澡走到卧室，他还在电脑前上网查资料，我抱了抱他，然后躺下。干净而舒适的大床，床单、枕套、被套都是在我来的前一天洗干净的，仿佛还可以闻到阳光晾晒的味道。

他见我躺下，于是把台灯调成了夜间模式，很柔和的光。我舒展着四肢，看着他认真盯着电脑屏幕的脸，想起他对我的种种关怀，心里涌起一股暖意，那一刻格外安宁和平静。

02. 眉梢眼角的默契

周末，我在家通过网络给在英国的学生上课，讲课口渴时，我习惯喝点水，润润嗓子然后继续。讲到一半时，杯子里的水见底了，勺子触碰到杯底，发出一点轻微的响声。

我正想着要不要跟学生打个招呼，起身去续水。没想到，他轻轻开门，侧身递给我一瓶水，朝我咧嘴笑了下，然后又轻轻把门关上。

上完课，见他坐在沙发上玩手机游戏，看到洗好的衣服全部被他叠好了放在沙发扶手上，厨房已经被他收拾得很干净，我给他泡了杯咖啡，放在茶几上。然后回屋收拾书桌。

过了一会儿，游戏告一段落，我问他要不要出去走走，他很高兴地拿上车钥匙，说我正好馋Costco的薯条了，还想去买在网上看中的一款lego。

有时候，看着他，会有一些感动，虽然年过三十，但他身上仍有一种简单快乐的孩子气，很容易满足，很容易开心。同时，是个很细心、做事十分认真、很有责任感的男人。

有个忘年交的朋友在我结婚前，就对我说过——婚姻中，越了解彼此，越理解对方，两个人经历的事情越多，就会有越来越多的默契。

一个笑容、一个眼神、一个动作，抬眼举手间，就能够明白对方。在一起，可以谈天说地，也可以有舒适的沉默。一颗心，稳稳当当的，不用七上八下忐忑不安，也不用去猜测试探对方的爱意有多深厚。

生活中，一点一点积累的默契，如水一样流动，涓涓细流，却可以滋润人的心田。它并没有穿着华丽的外衣，而是朴素从容。

我们很多人都向往"执子之手，与子偕老"，但是一起慢慢变老的过程，却并不是那种充满荷尔蒙的浪漫，更多是一种眉梢眼角和心里的默契。就如谁都没有说，却每天都在实践着——我们在一起，好好生活，拥有笃定，安心地去爱和被爱。

03. 踏实安心地前行

从北京到英国，从英国到加拿大，我停留在他的身边，然后和他慢慢地建立起一个小小的家。

这个家里，有欢笑，有幸福，有温暖，也不可避免地有争吵、有分歧、有矛盾。

就像一堵墙的两面，接受了这堵墙，也同时接受了它的两面。

我信奉佛教的"无常"，一直以来，我并没有幻想过那堵强会永远结实，不会崩塌。或者说，我并不相信永远。

尽管如此，我依然愿意去记取生活中所有细微末节的温暖，记取所有他的好。

他有次开玩笑，说还是以前的你好骗，现在的你见过太多世面，想骗都难骗得到。

我问他，那你更喜欢以前那样的我，还是现在的我？

他不假思索回答，当然更喜欢现在的你，只有见识过了，才懂得什么是真心，才会更加珍惜。

是的，错过痛过，才懂了真心和珍惜。

朴树歌里唱："我曾经跨过山和大海，也穿过人山人海，我曾经拥有着的一切，转眼都飘散如烟，我曾经失落、失望、失掉所有方向，直到看见平凡才是唯一的答案。"

我不愿把这句歌词理解成平平淡淡才是真，而更愿意理解成千帆过尽后的成长。

成长了，才不会对很多事情明明懵懂无知还自以为是，故作坚强伪装潇洒，遇到问题理智全失，也不会动不动就活在自己的内心戏当中，把自己当作悲情女主角，更不会妄想掌握感情正确的招数，用道听途说来的情感谬论指导自己。

真正可以指导自己的，是内心的真诚和信念。

那日去看一个展览，关于城市的变迁。一百年，黑白变成彩色，城市几乎面目全非。

组成城市的人，一代一代地更迭。时间一分一秒地流逝，所有的一切都在变化发展。这是人为不能抗拒的自然力量，所以我选择臣服，然后顺应。

这样的顺应，让我更珍惜拥有的时间，更珍惜当下能够听得见、看得见、摸得着的幸福。

年少的时候，喜欢追求刺激、精彩，现如今，我却开始越来越喜欢踏实、安心的感觉。

钱要是自己挣来的，花出去的每一分一厘都是那样心安理得；工作中得到的肯定要是自己努力来的，每一句夸奖都可以问心无愧地收下；文章得到的褒奖要是自己一个字一个字用心写出来的，读者的每一份赞赏都可以坦坦荡荡地收下；感情上的幸福要是自己用心经营出来的，被爱被善待，都可以认为自己是值得的……

那么，前路漫漫充满未知，那又何妨，一步一个脚印走下去，不慌不忙，不急不躁，走完的路必定又可以延伸到更美的地方。

丢掉完美，
记得初心

Nick是根西岛的很有名的婚纱摄影师，四五十岁的英国人。中等身材，看上去有些内敛，甚至有点呆呆的感觉。但是在那个和他见面的下午，聊起他拍过的婚礼，我能看到他眼里的神采和光芒，看得出他对摄影的热爱。

然后，在看过他的一些作品后，我决定，就选他了。

在距离拍婚纱照还有两个月的某个早晨，我突然想到婚纱买好了，摄影师找好了，可是发型怎么办，妆面怎么办，头饰怎么办？

这几个怎么办让我心乱如麻，情急之中我给国内的几个闺蜜发微信，她们统一的意见是让我赶紧去找当地的化妆师和造型师。

可是，说起来容易做起来难，一是不知道去哪里才能找到满意的化妆师，二是自己并不喜欢西方人的化妆风格。

转念一想，要不干脆自己来得了。于是，我上YouTube找视频，学如何做新娘发型，如何化新娘妆，可是心不灵手不巧的我看完后仍然一头雾水。

然后，我变得异常焦虑起来。

正在焦虑不知如何是好之际，突然想到上Nick的个人网页看看，说不定能有办法。

打开Nick个人网页上的blog，我看到了他很多我没见过的作品，从2009年到2015年他拍过的婚礼照片。

看完，我的焦虑就好了，一下子豁然开朗。

怎么就好了呢？

因为我看到了有些新娘脸上的皱纹，看到了有些新娘身上多余的赘肉，看到了有些新娘简单的妆面和发型。

同时，我还看到了一些新娘从内到外流露出来的幸福，发自内心的大笑，眼角溢出来的眼泪，看到了新郎新娘牵手和亲吻时的开心，宣读誓言和拥抱时的激动，看到了那些亲朋好友真挚祝福的神情。

而这一切，已经足够打动我，虽然婚纱照看上去并没有拍得那么完美，也没有修得那么精致。

这一切，也足够打败我追求完美无瑕的执拗。

Part 4

臻爱

—— ∥ ∧ ∥ ——

屏幕上Nick以前拍过的照片，还有J先生问过的问题——你觉得是化妆化得那么美，拍得那么好看重要，还是咱俩结婚过得幸福，把婚纱照作为一个纪念重要，就像一道闪电一般，唤起了当初我们决定拍婚纱照的初心。

初心是什么呢？无非是希望在根西岛，这个我们第一次见面的地方，记录下那些幸福和感动的瞬间，希冀在时间的洪流中将那些动人的瞬间定格成永不褪色的美好回忆，提醒着我们当初是怎样的年轻和相爱，等我们老了翻开相册，看着照片依然能够会心一笑深情拥抱。

回想起的初心，像一剂安定剂，抚平了我焦虑的情绪，让我从"追求完美"的牛角尖里走了出来，开始变得平静，还有一些期待。

等了几个月，终于到了J先生和父母来英国看我的日子，也终于等到拍婚纱照的那天。

只是，岛上善变的天气打乱了和Nick商量好的拍摄计划，在和Nick电话沟通后，我们改为分成两天拍摄。

站在落地窗前，看着窗外阴沉的天空和飘着的细雨，又看着铺满沙发，拖尾长两米多的婚纱，我沮丧不已。

"天气怎样这些都不重要，重要的是我们一起经历这个过程，留下好的回忆，你说对吗？宝贝儿，我希望你开心。"J先生从背后抱住我，在我耳边温柔地说道。

转过身，看着他真诚的眼神，那一刻，我又想到了初心。

"不忘初心，方得始终"，这句话说起来容易又动听，可是做起来却真的很不容易，因为大多数人，总是走着走着就忘了自己为什么出发，总是走着走着就忘掉了初心。

于是，一生一次的婚纱照，我和J先生经历了冷风冷雨，也经历了阳光明媚。

我们没有跟前跟后的拍摄团队，也没有化妆师和造型师，但是我们有岛上为数不多的几个要好的中国朋友，她们都前来帮忙，帮我化妆、给我做发型、陪我拍摄、替我托着婚纱的大拖尾。

在阴天的花园、在雨中的森林、在蓝天白云大海为背景的城堡边，在繁花似锦的花丛中，在高耸入云的纪念塔旁边，在夕阳西下的大海边，我和J先生牵手、做鬼脸、大笑、亲吻、拥抱……

而Nick用镜头帮我们留下了那些宝贵的影像。

婚纱照，简单的三个字，对绝大多数女人来说，却是无比看重的一件事。

大概是因为每个女人心里，都有一个公主梦，期待着穿着洁白美丽的婚纱，化着精致的妆容，戴着梦幻蒙眬的头纱，手挽着心爱的男人，然后有一个才华横溢的摄影师将那个美好的时刻定格。

只是，这个公主梦，被太多人幻想成了完美的代名词，哪怕拿到手的照片，看上去都完全不像自己，也都没有关系，只要自己看上去美若天仙，那就足够。

可是，我知道，那不是我想要的。

在拍完婚纱照后的三天内，我们拿到了照片。Nick对照片的后期处理非常简单，只调了色调和对比度，将有些照片处理成了黑白两色，没有ps磨皮处理，没有将人增高和瘦身，也没有华丽的后期效果。

照片上，能看到我颈脖的细纹，能看到额前的碎发，能看到不完美的脸形。但是，这些都没有关系。

因为，照片上能看到J先生无意转动戒指的样子，能看到我和J先生站在大树下拥抱时快乐的表情，能看到我和J先生在花丛里发自内心的大笑，能看到我们站在海边山地上，对视时彼此充满爱意的眼神，能看到我和J先生对着对方做鬼脸时生动的表情……

一切看上去，都那么幸福、自然和真实，像是还原了我们那两天拍摄的过程。

这些，才是我想要的。

是的，它不完美，可是因为我们没有忘记初心，所以它看上去真的很美。

婚姻，
是另一种生活方式

单身的朋友对我说："真羡慕你结婚了，结婚了就什么问题都解决了。"

听罢，甚为诧异。怎么会认为结婚能解决所有问题？

少女中了童话的毒，看到王子在城堡为公主举行了盛大的婚礼，于是以为结婚是一个完美结局。

是吗？当然不是。婚礼和婚姻，一字之差，背后深意却相去甚远。何况你我，不是王子也不是公主。

钱锺书把婚姻比作围城，大概，每个姑娘身处围城外时，都或多或少幻想过围城里瑰丽、浪漫、温暖的场景，生活中的挫折、困难和问题，似乎都因这座围城而不复存在。

在我25岁左右时，也有过这样的幻想。以为婚姻就像一个庇护所，能够遮蔽掉人生的许多问题。现在想来，是因为那时的自己不够强大，不相信可以靠自己赢来理想、事业和优质生活。

当那段幻想时期过去，在观察别人围城里的生活时，我越来越多地看到了婚姻现实的另外一面，开始思考为什么围城里的人想出来。

难处的婆媳妯娌关系、睁眼就逼迫人的水电燃气物业管理费、柴米油盐酱醋茶的琐碎、谁都不愿干的家务、外界活色生香的诱惑，等等，都足以把爱情打入十八层地狱。

于是，在日益多元开放的社会，不结婚也逐渐成为了都市中人的一种选择。

对于婚姻，许多人内心深处所抗拒的，正是它有可能回到现实这一点。如果婚姻成为爱情的坟墓，那为什么还要用结婚葬送爱情？

不管我曾经有过这些那些理性和非理性的想法，后来，我还是结了婚，嫁给了一个爱我的，同时也是我爱的男人。

很多人都说过，恋爱和婚姻是两码事。恋爱的时光，无论做什么事，只要两个人一起都觉得快乐，恋爱中的人更像是诗人附体，甜言蜜语总是信手拈来。可是一旦结婚，恋人身上自带的光环似乎就消失了一般，崇拜变成了指责，浪漫变成了浪费，情话也变成了争吵。

真实的婚姻生活，就如结婚证的正反两面，选择婚姻的人，在得到它的欢愉和亲密的同时，也要接受依赖和伤害，这包括夫妻双方的对立与斗争。

每一段婚姻，必然都有其甜蜜、恩爱和温馨，但同时，分歧、争吵、眼泪、误会、和解也都无可避免。

我和好友Rachel探讨过婚姻中吵架的事情。她说可以吵的事情太多了，老公太忙没有时间陪自己、饮食睡觉不规律、纪念日没有任何浪漫、没有夸她漂亮，等等。

听完，我有些哭笑不得，却又不得不承认婚姻中的争吵通常都是由一些不起眼的小事儿引发的。

每个进入围城的人，都会不自觉暴露出自己更多的缺点、不良的习惯，对伴侣也会更随意。

譬如，恋爱就像是你为了赴约，精心收拾打扮两个小时，戴着精致的妆容吃一顿晚餐，而婚姻就像你约会结束回家后，不经思索就换上舒适的家居服，卸妆洗脸，躺着敷面膜。

这其中的差异不言而喻，不同的方式必然会带来不同的感受。

我愈发觉得，婚姻，不是想象中的庇佑所，也不是把爱情打入十八层地狱的恶魔。

繁华尘世，有人嫁给爱情，有人嫁给面包，不管哪种选择，婚姻，其实只是另一种生活方式，千头万绪，并不简单。

而且，这种生活方式注定需要夫妻双方花时间去学习和适应，进而找到婚姻生活的乐趣。

之所以会有这样的感触，是因为刚结婚时，我有一段时间迷失过。

J先生常年一个人在国外，习惯了自由、随性的生活方式，而我的生活方式，则有些刻板，追求计划和规律。

抱着为了他的健康着想的初衷，我执著于改变他，希望他按照我的生活方式生活。

可是，一切并没有如我所愿。那段时间，我们就像阶级敌人一样。

据说，即使是人们眼中完美的夫妻，一生中也起码有过200次"我要离婚"的念头。当你期待对方明白你的良苦用心，但对方却仍然我行我素；当你为对方做了很多，对方却并没有领情；当两个人为了不同的意见争执得面红耳赤……

直到有一天，我收到了J先生的一封情书，信中对那段时间频繁的争执道歉，并且写道："我知道我娶到了一个特别好的老婆。一个男人，没有任何事情比清楚地知道在他身后的那个女人会一直爱他、支持他、鼓励他更让他感到幸福。而我恰恰遇到了这样的一个女人。我们都是性格很直的人，我们会有争执，有的时候会拌嘴，但是这些都不重要。重要的是我们事后会互相理解对方，尊重对方，而且还会一直继续爱对方。"

这段话看得我眼泪汪汪，自责、内疚也一齐涌上心头。恋爱时那些美好的片段，像电影一样浮现在我眼前。一直以来，他从未想过驾驭我或者改变我，只是一直用关心、尊重、支持、帮助、信任和包容的方式对待我。他的爱，就像让我安然自由地奔跑在绿草地上，而我为什么，要把自己的生活方式强加给他，让他在婚姻中宛如住在狭窄沉闷的小屋内？

后来，我不再以我的生活方式去要求他，而是好好做好自己，安顿好自己。当我抱着这种"我快乐，你随意"的态度时，我发现他也开始慢慢地调整他的生活方式了。

婚姻教会了我重要的一点：即使结婚，我们仍然是独立的两个个体，有自己的特点，不要把对自己的要求，强加给对方。

就比如，好吃的东西，自己觉得好吃就行，不用非拿着去喂对方。你吃你的香辣，他吃他的酸甜，不要因为结婚，就捆绑对方。

每个人进入婚姻前，都带有以往生活、经历留下来的痕迹，而这些痕迹造就了独立的我们。两个人结合在一起，必然会有冲突和摩擦，这也无可厚非。婚姻，是另一种生活方式，而这种方式能够得以顺利延续的前提就是——允许对方以独立的方式存在。爱一个人，选择与他进入婚姻，就意味着需要接纳对方完整的存在，而不是试图重新塑造，同时也不扭曲自己和他人。

　　既然是生活方式，那么有没有一种生活方式适用于所有婚姻中的人呢？我想大概是没有的。

　　身边那些婚姻幸福美满的夫妻们，都有着各种不同的生活方式。有婚后分开旅行的，一个去喜欢的日本，一个回自己的瑞士；有婚后保持异地的，双方各自忙自己的工作，一个月见两次面；有婚后依然黏得死死的，不管做什么，都一起行动；有婚后共同创业，一起分担经济压力的……

　　虽然这些生活方式各不相同，但共同的是——任何一种生活方式，都有其快乐和烦恼。接受它，调整它，并且适应它，才是明智的做法。

　　我特别喜欢安德烈·高兹在《致D》中的一段话：如果你和一个人结合在一起，打算度过一生，你们就将两个人的生命放在一起，不要做有损你们结合的事情。建构你们的夫妻关系就是你们共同的计划。你们永远都需要根据环境的变化而不断地加强、改变，重新调整方向。你们怎么做，就会成为怎样的人。

我把这段话发给了J先生看，问他的感想。他说："我们要好好过，努力挣钱，争取实现咱俩环游世界的共同愿望。"

嗯，这种生活方式，好像也还不错呢。

爱情快速奔跑，
婚姻慢慢生长

去Glasgow旅行，住在平平姐家。

"妈妈，你和园园阿姨上次见面是什么时候？"乐乐问道。

"那会儿是妈妈在大连培训的时候啊。"平平姐回答，答完转过头来对着我说，"时间真的过得好快，那时候大家还说要给你介绍对象，你现在都已经结婚了。"

我听完笑了笑，"是啊，我也没想到我已经结婚了。"

和J先生恋爱不到一年就结婚，在我看来不算闪婚，但速度的确比较快。

或许是因为从一开始，我们就没想过试探和猜测，大家也都不是没有恋爱经验的人，彼此奉上真心之时，便很确定对方是想携手一生的人。

如杨澜所写：对于成年男女，各自有过一些情感经历，对于自己在感情上的需求逐渐确定下来，判断是否遇到了"对的人"，并不需要太多时间。

在我眼里，何为对的人？就是彼此都愿意奉上真心对待的人。

这样的人，遇到了，我们都不想错过。

去年八月的一天，J先生说让我陪他去商场买乐高。蒙在鼓里的我还不断问他想买哪个系列的乐高，催促着买完乐高赶紧去吃饭。

最后，却是被带到了Tiffany的店里，简单却又自信的一句"嫁给我吧"，然后的然后，就是Tiffany那款最经典的钻戒出现在我的无名指上。

从相知、相恋到求婚，没有任何波澜，也十分平淡，一切都水到渠成，如万物生长那般自然而然。

我曾预想的从爱情到婚姻中千山万水的障碍，在他的牵引下就这样轻松跨过去了。

其实，从爱情进入结婚，在我眼里，一度是离我特别遥远的一件事情。

18岁时，看了钱锺书的《围城》，特别幼稚地跟母亲说：

"以后要做个独身主义者，一辈子不结婚。"

22岁时，在上海静安寺门口被一个算命的拦住，说我会28岁结婚。

25岁时，既渴望爱情，又害怕结婚，觉得从恋爱走入婚姻是无比困难的一件事情。

27岁时，圣诞节假期回国，生日那天，我和J先生在北京领了结婚证。

9年的时间，我对爱情和婚姻的认识在不断变化。

只是我没有预料到，爱情奔跑得如此迅速，就这样跑进了慢慢生长的婚姻。

有一次和Ava姐聊天，聊到婚姻。

她对我说："一见钟情一生中会遇见很多次，脸红心动也会有很多次。但是当几十年后，有一个人知道你所有的习惯，知道你身上这几十年里发生的一切，懂你心里的想法，那是需要你们通过时间的相处才能有的，无法取代的。几十年的细水长流换来这么一个无法取代的人，我觉得挺值得的。"

听完我心中涌起一股感动。

几年前，她遭遇婚姻生活中的动荡，留学美国且毕业即找到工作的丈夫拒绝回国，她也拒绝放弃国内的工作和亲朋好友飞赴美国。

当初因为分歧，她和丈夫差点离婚，可两个人最后到底是舍不得，舍不得那些共同经历过的一切，舍不得那个知道自己所有习惯和想法的人，她选择了去美国，和丈夫继续婚姻。

那时候我还没有结婚，作为旁观者，我并不知道她经历过怎样的挣扎和煎熬。但是结婚后，才开始理解，Ava姐后来发自内心的笑容包含了过往怎样的一种努力和珍惜，那并不容易。

爱情是可以肆意绽放、燃烧甚至挥霍的东西。可以不求两情长久，但求朝朝暮暮；可以不求静水流深，但求轰轰烈烈；也可以不求长跑慢走的耐力，但求短跑冲刺般的激情。

可是，婚姻不一样，婚姻像是长跑，不能用力过猛，也不能止步不前。需要把握好速度，克服长跑过程中出现的一系列情绪，比如太累了跑不动了想放弃，又或者是急躁焦虑心想怎么还不到终点。

然而，只有真正热爱长跑，享受长跑的过程，或者不忘初心的人，才不会轻易放弃。

婚姻作为社会的产物，是一种制度，也可以看作是一份契约。

没有人的婚姻是百分百完美的，因为婚姻制度本身就不完美，它只是合理，因为人对稳定感情的需求是一种情感上的需要。

大多选择婚姻的人，求的是感情中的稳定和持久，同样，他们也需要付出更多的时间、精力，甚至妥协和退让去成全一段美满的婚姻。

很多在恋爱中的人，总会对婚姻有一种渴望，以为结婚了，就能将这份爱情永久地延续下去，误认为结婚以后的爱情也是充满了澎湃的激情。

但是，有这样想法的人，几乎无一例外地失望了。有些人调整心态和相处模式，有些人直接跳出婚姻，有些人选择凑合和抱怨。

其实，无论结婚与否，两个人长期生活在一起，都不可能保持一个长久的激情状态。这跟爱与不爱没关系，这是人性所决定的。因为每个人的自身都是一个矛盾体，每个人都有自己的个性，当两个人紧密生活在一起时，时间久了，自然就会面临亲密关系和自由个体之间的冲突。

最理想的婚姻状态，大概就是两个人共同生活在一起，一起经历很多事，创造很多共同的回忆，同时给彼此提供空间，让双方的个性都能得到生长，最后达到Ava姐说的那样——几十年的细水长流换来一个无法取代的人。

实际上，这世上并没有绝对的无可取代，只是因为在漫长的岁月中，彼此付出的情感、时间、精力，成就了这一份无可取代。

这个过程，就像大树的树根一样生长缓慢，但逐渐蔓延到心里的每个角落。

那些别人看不到的枝枝蔓蔓中，有困难，也有幸福。

困难或许是争吵时拂袖而去的气愤，是柴米油盐酱醋茶的琐碎，又或许是磨合时独自流下的眼泪，是不被理解不被支持时的失落……

那么幸福呢，大多都是那样细微。感冒时的冲剂和温开水，生理期第一天的桂圆红枣汤，阳光下晾晒的衣裤，吵架和好后的相视一笑，每天睡前的聊天，低谷时的鼓励和扶持……一点一点积累，便成了铠甲，也有了软肋。

最终这份婚姻才会在日升月落的洗礼下，经历春华秋实，而后越来越强壮，比钻石更恒久也更璀璨。

遇见只是开始，
爱是一种修行

很多年前，我特别喜欢一首歌，叫作《遇见》。歌词到现在仍不时被我想起诵念。

"我遇见谁会有怎样的对白，我等的人他在多远的未来……我遇见你是最美丽的意外。总有一天我的谜底会揭开。"

初到根西岛时，晴天独自去往海边。漫步沙滩，看着蓝得很有层次的大海，以及海边那些别致的房子，不远处森林的风景，让我觉得遇见根西岛就是歌词中唱的最美丽的意外。

这个在我来之前完全不了解的小岛，在我到来后，从视觉上给了我完美的惊喜。那时，殊不知，遇见这个小岛，看到它的美，其实只是开始。

如何在这个岛上愉快地工作生活，如何与孤独和解共处，如何让自己不断成长进步，才是开始后漫长的修行。

在爱情中，我们常会有这样的感觉，遇见一个人时，有种石破天惊、天雷滚地火般的心动，一切都完美无缺，就如两个圆恰如其分地结合在一起。

我在很多年里，都以为世界上存在着这样"对的人"。

几年前，好友Rachel在美国夏威夷工作，经朋友介绍认识了Z。两个人聊了一段时间后，十分投缘，Z飞到了夏威夷去看她，确定了恋爱关系。

两个人租着敞篷车在夏威夷的海边公路上奔驰，在海滩上嬉闹。Rachel以一种未曾预想过的方式遇见了爱情。

几个月后，Rachel回国，准备研究生毕业，Z和Rachel的父母一起出席了毕业典礼，大捧的鲜花，甜蜜的亲吻，让大家都艳羡不已。不久，Z陪着Rachel一起去了日本毕业旅行。

后来，Rachel去了Z所在的省份，找了一份工作，虽然异地，但是每周末都在一起过。没多久，男人就向Rachel求婚了，接着就是订婚仪式，领结婚证，新西兰蜜月旅行。

这一切都十分美好。Rachel告诉我，遇到了对的人，一切就会非常顺利。

在很长时间内，我都在祈祷，希冀自己也能像Rachel那样遇到一个对的人。

如果有话语探测仪，大概它能探测到，这个地球的许多角落，都有无数人每天都在祈祷着遇见一个对的人，拥有一份美好的爱情。

那些电波交织在空中，展示着爱情的吸引力。那些爱恨情仇的故事则发生在人间，演绎着各种悲悲喜喜。

诸多的浪漫言情小说、影视作品，都用唯美的笔调渲染着一种宿命般的相遇。有太多人深陷于此，遇见一个霸道总裁，遇见一个钻石王老五，遇见一个风度翩翩的帅哥，遇见一个又帅又man又会照顾人的长腿欧巴，成了很多女人的心之向往。

事实上，这种梦幻般的遇见的确也在现实中有发生。

英国的凯特王妃，在一次大学活动中遇见威廉王子。可是，凯特遇见威廉也只是开始，皇室诸多的繁文缛节，复杂的皇室关系，外界媒体的关注，等等，都注定了这段爱情并不容易。

如果遇见后的修行，两个人都没有用心，那么遇见，也就仅仅止于遇见，他们也并不能真正成为彼此对的人。

更何况，这世间王子能有几个？像凯特那般拥有高情商、高智商、美貌和富庶家庭的女人又有几个？

更多的，都是揣着一颗破碎过但又带着希望的心过生活的平凡人。

这几年，身边越来越多的人从恋爱跨进婚姻的大门。他们有的是在大学社团结识的，有的是相亲认识的，有的是旅游时遇见的，有的是工作中遇见的。

不管他们如何遇见对方，在哪里遇见，遇见的是谁，那都只是开始。没有任何人在爱的道路上能一路轻轻松松过关斩将。对遇见抱有太大的希望，就往往容易在激情褪去后的真实生活中失望。

科学数据表明，一般来说，人与人相遇的概率是0.00487。想想在这么低的概率中，两个人遇见，能够产生爱情的感觉，再到能够一直走下去，概率就更加微乎其微了。

我和J先生各自身处两个国家，闺蜜一次偶然的牵线，我们认识了彼此。直到他飞来根西岛看我，才算真正的遇见。

在那之后不久，J先生写过一段话给我："我感觉走了很远，一直在路上磨炼自己，但是一直没有遇到那个能跟我同行的人，直到遇见你。我姐今天还在电话里说，当你遇见那个对的人的时候，你就希望能跟她一起安定下来，希望结婚，我觉得她说得很对。就像你说的，你一个人走了那么远，那么久，终于遇到了那个愿意陪你一起走并深爱你的人，而我也在路上遇到了那个我想倾尽全力保护并爱一辈子的那个人。"

即便如此，我们依然经历了很多分歧、矛盾、眼泪和争吵，但我们依然深爱彼此。这才让我明白——其实没有对的人，遇到三观相近、兴趣相投、性格互补的人，可以称为合适的人。彼此在相处过程中的理解和磨合，给予的包容、关心、尊重、信任和支持，才能慢慢把对方变成对的人，才有可能修成正果。

只是，修行的路从来都不容易，爱的修行亦如此。

从觉知到行动，每对爱人都要经历起起伏伏，磕磕碰碰。而具体会有哪些困难或者波折，在遇见之初，是无法全部预知的。

所以，这一生，我们会遇见很多人，但是留下来与自己一起修行圆满的人却寥寥无几。

很多姑娘内心都有过害怕和担心，那就是如果我遇不见那个人怎么办？

在英格兰自驾旅游时，我问了J先生这个问题，"如果你没遇到我，你会怎么办？"

他手握方向盘，看着前方，笃定地说道："不怎么办啊，该工作工作，该学习学习。"

我听完一笑，那些疑惑自动散去。

是啊，如果没遇到，我们依然有自己运转的轨道，生活同样要继续，工作依然要努力，学习依然要认真，行走的脚步也依然不会停止。

或许，正因如此，我们才会觉得遇见彼此，是人生给了一个巨大的惊喜。

能够遇见，或许是缘分注定，或许是我们一个又一个选择累加后的结果。

但是遇见只是开始，爱一个人，是一种修行。

遇见后，如果我们能好好爱下去，那一定是因为我们在相处中都在用真心不断学习，不断调整。

我见过很多婚姻幸福的人，他们无一例外地都会不时反思自己做得不好的地方，有矛盾时不急着指责抱怨对方，思考如何更好地与对方相处以及自处，同时，他们都有自己的追求，努力让自己不断进步，成为越来越好的人。

武侠小说里，有许多如乾坤大挪移、九阴白骨爪等厉害的招数，可谓遇神杀神，遇佛杀佛。感情虽然讲究棋逢对手，却并没有什么普天之下皆可用的厉害招数。可用的，无非仍是那两个古老的字眼：珍惜。

爱的修行，让人明白珍惜并不是喊出来的口号，而是身体力行做出来的准则。

你是否感恩，是否能够在争吵时有所克制，是否不忘初心，都会像照妖镜一样，印证你的珍惜是真还是假。

　　爱的修行，还能让人懂得不迷恋，不痴缠，而是平常地、喜悦地生活在一起，才有可能修得细水长流的幸福。

图书在版编目(CIP)数据

我敢活成自己想要的样子/谢园著. —武汉：武汉大学出版社，
2017.2（2022.5重印）
ISBN 978-7-307-18812-9

Ⅰ.我…　Ⅱ.谢…　Ⅲ.散文集－中国－当代　Ⅳ.I267

中国版本图书馆CIP数据核字（2016）第276467号

责任编辑：安斯娜　　　责任校对：叶青梧　　　版式设计：刘珍珍

出版发行：**武汉大学出版社**　　（430072　武昌　珞珈山）
　　　　　　（电子邮件：cbs22@whu.edu.cn　网址：www.wdp.com.cn）
印刷：北京一鑫印务有限责任公司
开本：880×1230　1/32　　印张：9.5　　字数：187千字
版次：2017年2月第1版　　2022年5月第3次印刷
ISBN 978-7-307-18812-9　　定价：56.00元